KB005593

사랑은 아메리카노
어쩌면 민트초코

달콤 쌉싸래한 다섯 가지 러브픽션

사랑은 아메리카노
어쩌면 민트초코

사토 시마코 외 지음 · 강보이 옮김 · 한성례 감수

이덴슬리벨

{ C o n t e n t s }

첫 번째 잔

/

stranger in paradise

- 사토 시마코 -

첫 번째 잔

　　그날은 동이 채 트기도 전에 눈이 뜨였다. 평소보다 한 시간이나 이르게 일어났건만 딱히 할 일이 없었다. 밖은 희붐했다. 이왕 일어났으니 해돋이라도 보러 가자는 생각에 차가운 새벽 공기를 헤가르며 바닷가를 향해 길게 뻗은 비탈길을 내려갔다. 아직 사람들이 깨어나지 않아 길은 한적했다.

　　갈매기가 여느 때보다 요란하게 울어댔다. 갈매기 울음소리에 뒤섞여 때때로 까옥거리는 소리가 들렸다.

　　바닷가에 다다르니 거대한 산을 이룬 까마귀 떼와 그 위를 빙글빙글 돌고 있는 갈매기가 보였다. 시커먼 까마귀들이 바닷물에 통통 불은 한 남자의 시체를 게걸스레 쪼아 먹고 있었다.

우리 형 테오와 나는 바닷가의 낡은 집에 살았다. 이 마을은 북극에 가까운 고장이라 여름은 짧고 겨울은 길디길었다. 여름에는 밤이 와도 해가 지지 않는데 겨울에는 낮에도 해를 보기가 힘들었다. 더구나 하늘이 항시 두꺼운 구름장에 덮여 있어서 일조시간이 극도로 짧았다. 그 때문에 이곳 사람들은 하나같이 눈동자 색이 옅고 얼굴빛이 창백했다.

화가인 형은 집 안에서건 야외에서건 일 년 내내 그림을 그렸다. 대부분 풍경화였지만 가끔은 자화상도 그렸다. 나는 형의 그림이 좋았다. 형은 캔버스 위에서 춤을 추듯 자유롭고 대담하게 붓을 놀렸다. 라피스라줄리*로 만든 군청색과 앨러배스터**로 만든 유백색이 조화를 이룬 섬세한 그림을 볼 때마다 내 영혼은 달아올랐다.

나도 종종 형 몰래 그림을 그리곤 했다. 눈동냥으로 배운 그림

* 군청색을 띠는 광물
** 설백색을 띤 입자가 고운 석고 덩어리

실력은 형의 발끝에도 미치지 못하는 수준이라 형이 보면 비웃거나 핀잔을 줄 것 같아서였다. 나는 형에게 내 그림을 보여주기가 부끄러워서 늘 형의 눈을 피해 그림을 그렸는데, 가끔은 마을에서 멀리 떨어진 숲 속에 가서 그리기도 했다. 나는 연필로 바다를 그리고, 베갯머리에 놓인 들꽃을 그리고, 또 어떤 날에는 한 여인을 그렸다. 내가 훔쳐보던 아름다운 여인의 옆모습을.

그 여인은 영국 레스터 거리에 있는 오래된 책방에 자주 들렀다. 존 밀레이가 그린 〈오필리아〉와 닮은 여인. 꽃가지를 손에 쥐고 꽃송이와 함께 물 위에 떠 있는 오필리아. 나는 그녀의 이름을 알지 못했기에 그녀를 훔쳐보며 마음속으로 오필리아라고 부르곤 했다.

나는 레스터 거리에 있는 책방에서 5년 넘게 점원으로 일했다. 우리 형제는 내가 버는 변변치 않은 수입으로 간신히 입에 풀칠을 하는 형편이었다. 믿기 어렵게도 형의 그림이 단 한 점도 팔리지 않았기 때문이다. 그토록 훌륭한 그림을 왜 아무도 눈여겨보지 않을까. 그림을 보는 세상 사람들의 눈은 영 글러 먹었다. 형의 재능은 세상 사람 모두를 행복하게 해주라고 신이 내려준 은총인데 사람들은 그걸 몰랐다. 신의 빛을 알아보는 능력을 잃어버린 탓이다. 나는 그들과 달랐다. 형이 휘두르는 붓, 형이 쓰는 물감, 형이 표현하는 색, 형의 그림, 형의 손가락, 형의 라피스라줄리색 눈동자…… 그 모두에 깃든 신의 빛을 분명하게 감지했다.

"얼마예요?"

불쑥 들려온 목소리에 고개를 드니 바로 앞에 오필리아가 서 있고 계산대에는 책이 몇 권 놓여 있었다. 순간 숨이 멎는 듯했다. 두 눈을 멀쩡히 뜨고서도 지금 무슨 일이 벌어지고 있는지 어리둥절했다. 나는 아무 말도 못 하고 그저 멍하니 그녀를 바라보았다.

"이 책들 좀 계산해주세요."

오필리아가 의아한 표정을 지으며 한 번 더 말했을 때에야 겨우 제정신이 돌아왔다. 책을 사러온 손님이 책방 계산대에 앉아 있는 점원에게 말을 걸었다. 그녀는 손님, 나는 점원. 이 당연한 상황을 파악하는 데 한참이 걸렸다. 아니다. 실제로는 찰나에 지나지 않았을 시간이 내게만 억겁처럼 느껴졌을 테지. 나는 부자연스러웠던 몇 분을 만회하기 위해 필요 이상으로 바삐 계산기를 두드리고 서둘러 가격을 말했다. 오필리아는 하얀 비단에 형형색색의 작은 꽃을 수놓은 꽃다운 지갑에서 책값을 딱 맞춰 꺼냈다. 돈을 받으려고 손을 뻗었다. 아뿔싸! 내 손가락이 오필리아의 손에 닿았다. 감전이라도 된 것처럼 손끝이 찌릿찌릿했다. 허둥지둥 손을 뒤로 빼려다 그만 동전을 놓치고 말았다.

"헉!"

동전이 바닥으로 굴러떨어졌다. 내 눈길이 부리나케 동전을 쫓았다. 죄송합니다. 죄송합니다. 죄송합니다. 연신 머리를 조아리며 자리에서 일어나는데 설상가상으로 무릎 위의 스케치북이 떨어지면서 스케치북 사이에 끼워두었던 미완성 그림이 미끄러져 나왔다.

"……."

오필리아의 가느다란 손가락이 내 그림을 집어들었다.

"이 그림, 혹시 저예요?"

맙소사! 들켜버렸다. 오필리아를 훔쳐보며 그린 그림을!

창피함과 죄책감이 밀물처럼 밀려들고 남모르게 장난을 치다 들킨 아이처럼 몸이 움츠러들었다. 나는 변명은커녕 입도 벙긋하지 못하고 그 자리에서 딱딱하게 굳어버렸다.

"우와, 멋져요!"

"……."

"혹시 괜찮으시면 이거 제가 가져도 될까요?"

순간 내 귀를 의심했다. 오필리아가 방금 뭐라고 했지?

"저기요, 이 그림 저 주시면 안 돼요?"

되묻는 말에도 나는 입만 헤벌린 채 그녀의 얼굴을 멍청히 바라보았다.

"앗, 죄송해요. 제가 염치없이 굴었군요. 그림이 정말 멋져서 저도 모르게…… 저를 그려준 사람은 처음이에요. 고맙습니다."

오필리아가 내 스케치를 도로 내밀었다. 나는 쩔쩔매며 다급히 대답했다.

"아, 아, 아닙니다. 그렇게 말씀해주시니 저야말로 감사합니다. 그림이 마음에 드신다니 세상 그 어떤 칭찬보다 기뻐요. 기꺼이 드리겠습니다. 부디 받아주세요."

"야호! 고맙습니다!"

내게 감사 인사를 건넨 오필리아는 시폰케이크만큼이나 부드러운 미소를 지었다.

나는 정신 나간 놈처럼 내달리며 환호성을 질렀다. 오늘 오필리아와 이야기했다! 오필리아가 나를 보고 미소를 지었다! 내 그림을 칭찬해줬다! 멋진 그림, 정말 멋진 그림이라고! 다른 사람도 아닌 오필리아가!

"꼴값 떨지 마. 코끼리도 너 정도는 그려. 지난번에 신문에 난 기사 봤지? 코끼리가 코로 붓을 쥐고 그림을 그렸다던 기사. 네 그림은 딱 그 수준이야."

책방에서 겪은 사건을 털어놓자 형은 코웃음을 치며 이기죽거렸다.

"고작 그깟 일로 호들갑은. 그나저나 내가 말한 군청색 물감은 사왔어? 어서 내놔."

"아……."

"얼씨구, 새카맣게 잊으셨군 그래. 까마귀 고기라도 먹었냐? 네놈은 도대체 정신을 어디다 팔고 다니는 거야!"

형은 씩씩거리며 자리를 박차고 일어났다. 코앞까지 다가와 따귀를 올려붙이는 통에 나는 그대로 방구석에 나동그라졌다.

"보나마나 그 계집한테 환장해서 까먹었겠지! 몇 번을 말해야 알아들어? 군청색이 없으면 그림을 완성하지 못한다고 누누이 얘기했잖아! 네놈 때문에 미술전까지 시간을 못 맞추게 생겼어! 당장 나가서 사와!"

"마서 씨 화방은 이미 문 닫았어. 게다가 이젠 실 돈도 없고. 리피스라술리로 만든 군청색 물감은 너무 비싸!"

"뭐? 이 자식이 말이면 다인 줄 알아!"

형이 의자를 들어 냅다 내리꽂았다. 내 머리에서 따뜻한 액체가 흘러나왔다. 나는 까무룩 정신을 잃었다.

정신을 차려보니 칠흑 같은 어둠 속이었다. 손을 들어 눈앞에 가져와도 아무것도 보이지 않았다. 눈을 깜빡여보았다. 다행히 눈꺼풀이 움직였다. 가만가만 얼굴과 몸을 만져보니 얼굴도 손발도 멀쩡했다. 오로지 두 눈만 이상했다. 설마 형에게 머리를 얻어맞아서 눈이 멀었나?

"아아악!"

비명을 질렀으나 울려 퍼지지 않았다. 소리가 어떤 공간으로 빨려 들어간 것처럼. 나는 극심한 공황에 빠졌다. 듣기로는 세상 어딘가에서 소음측정실험을 위한 무음향실을 만들었다고 하던데 내가 그 방에 들어와 있는 듯했다.

아마, 분명히.

한데 내가 왜 이곳에 있지?

빛도 소리도 없는 공간. 그런 곳에 오래 머물면 실성한다는 괴담을 들은 적이 있다.

"아, 아, 아."

내 목소리가 평소와 전혀 다르게 들렸다. 여기는 방 안 어디쯤일까? 주변을 더듬어보니 마룻바닥의 감촉이 확실하게 느껴졌다. 바닥을 더듬으며 기어갔다. 아무리 나아가도 벽이 없어서 손을 위로 뻗었다. 손은 하릴없이 허공만 휘저었다. 조심조심 천천히 일어섰다. 이번에는 까치발까지 하고 손을 뻗었으나 역시 아무것도 잡히지 않았다. 천장에 닿지도 않았다. 다시 손을 눈앞으로 가져왔다. 이제는 슬슬 눈이 어둠에 익숙해질 때도 됐건만 아무래도 이곳은 빛 한 줄기 들지 않는 껌껌나라가 틀림없다. 내가 실명하지만 않았다면.

"……고?"

불현듯 속닥거리는 소리가 들렸다. 한 명이 아니다. 여럿이서 소곤소곤 속삭였다.

"얘가 죽었다고?"

그들 가운데 한 사람이 말했다. 죽었다고? 얘라니?

"아니야. 아직 안 죽었어."

다른 누군가가 그 말에 대답했다.

"딱 잘라 말하네. 무슨 근거라도 있냐?"

"얘는 아직 못 죽어."

"왜?"

"아직 저 꽃을 못 봤으니까."

저 꽃?

그때 나는 눈을 떴다.

머리에서 흘러나오던 피는 그사이 멎어 말라붙어 있었다. 피에 머리카락이 덕지덕지 들러붙긴 했지만 출혈에 비해 상처는 크지 않았던 모양이다. 머리는 혈액이 몰리는 부위라 한 번 피가 나오기 시작하면 걷잡을 수 없다. 나는 신체 어느 부위에서 어떻게 피가 나고 얼마나 맞아야 뼈가 부러지는지 다 안다. 어릴 적에 아버지에게 자주 얻어맞으며 직접 겪어봤으니까. 아버지는 알코올 중독자였다. 한시도 손에서 술병을 놓지 않았다. 항상 얼굴이 불그죽죽했고 숨을 내쉬면 어김없이 술 냄새가 풀풀 났다. 내 기억 속 아버지는 취한 모습뿐이다. 밤낮 술에 절어 한순간도 제정신이었던 적이 없는 아버지는 어느 추운 겨울날 빙판길에 미끄러져 그대로 얼어 죽었다. 아버지의 굴레에서 벗어난 어머니는 젊은 남자와 눈이 맞아 달아났다. 형과 나를 버리고 말이다. 부모님이 살던

이 집에서 그때부터 줄곧 형과 단둘이 살아왔다.

그런 우리를 친자식처럼 돌봐준 윌렘 신부님 손에 이끌려 난생처음 국립미술관을 방문한 해에 형 테오는 화가가 되겠다고 결심했다. 열다섯 살이던 형은 그곳에 전시된 그림 한 폭에 홀딱 반했다. 작은 홀의 벽면 하나를 가득 채운 오래된 그림이었다. 수령이 수백 년은 넘었을 거목들, 새하얀 꽃이며 초록빛 잎사귀가 잔뜩 달린 나무들, 수목에 둘러싸인 파란 옷을 입은 청초한 여인이 지금도 눈에 선하다. 그 여인은 거목이 늘어선 숲에 자연스럽게 녹아들어 풍경의 일부처럼 보였다. 보는 사람으로 하여금 발을 떼지 못하게 하는 고즈넉한 분위기가 감도는 신비로운 그림이었다.

형은 그날 미술관에서 돌아오자마자 고열이 나서 쓰러졌다. 체온계 눈금이 한계치를 넘을 정도로 열이 펄펄 끓었다. 윌렘 신부님은 형이 고열에 시달리다가 시력과 청력을 잃으면 어쩌나 노심초사했다. 열은 일주일이 지나서야 겨우 가라앉았는데 형은 눈을 뜨자마자 이렇게 선언했다.

"저는 화가가 되겠습니다."

"근데 형, 왜 갑자기 화가가 되려고?"

나는 형에게 넌지시 물어보았다.

"아무한테도 말 안 하겠다고 약속해."

"약속할게."

"사실은 신이 나더러 화가가 되라고 했어."

"신이?"

"응. 신과 이야기를 했어. 분명 신이 나를 시험하려는 거야."

"신이 나도 시험하겠대?"

"글쎄, 잘은 모르지만 그러지 않을까?"

"신이 무얼 시험하는데?"

"나도 몰라."

"내가 형이 그림을 그릴 수 있게 도우면 신이 기뻐할까?"

"그걸 내가 어떻게 알아?"

"신은 몰라도 형은 기뻐할 거지?"

　그 뒤로 형은 마치 딴사람이 된 것처럼 그림에 몰두했다. 그때까지 붓을 쥐어본 적도 없으면서 윌렘 신부님이 물려주신 화구와 내가 화방에서 훔쳐다 준 물감으로 매일 그리고 또 그렸다.

　언제부터인가 형은 죽은 아버지가 그랬듯 하루가 멀다 하고 나를 때렸다.

물건을 훔치기 전에는 매번 마음이 졸아든다. 죄책감은 아무리 시간이 지나도 익숙해지지 않는다. 듣기로는 도둑질을 즐기는 사람도 있다지만 내 경우는 다르다. 나는 도둑질이 싫다. 심지어 신도 모세에게 도둑질하지 말라고 하지 않았는가. 그러나 이 세상에는 싫어도 해야만 하는 일이 수두룩하다. 청소와 빨래만 해도 그렇다. 그중에서도 가장 끔찍한 건 파도에 떠밀려온 시체에서 돈이 될 만한 물건을 빼 오는 일이다. 내가 그 짓을 하지 않으면 형이 그림을 그리지 못하니까 싫어도 해야만 한다.

마서 씨의 화방으로 들어가는 묵직한 나무문은 단단히 잠겼다. 밤 11시가 훌쩍 넘었으니 당연하다. 이 시간까지 문을 여는 가게는 술집과 윤락업소 정도다. 형에게 맞은 머리가 욱신욱신 쑤셔왔다. 화방까지 쉬지 않고 내달린 탓에 고통을 자초했다. 통증이 너무 심해서 사고가 뿔뿔이 흩어지는 것 같았다.

그러나저러나 이제 어쩐담.

손님인 척 가게에 들어가 물건을 훔친 적은 여러 번 있었지만 빈 가게에 들어가기는 처음이었다. 사실 가게가 비었는지 아닌지도 불확실했다. 어설프게 움직이다가는 가게 안에 남아 있는 사람과 마주칠지도 몰랐다. 여차하면 강도나 살인까지 저질러야 하는 상황에 이를 가능성도 있지만 여기서 물러나지도 못한다. 될 대로 되라지. 무슨 일이 있어도 나는 오늘 밤 안에 형이 쓸 군청색 물감을 손에 넣어야 한다.

창문에 얼굴을 붙이고 어두운 가게 안을 살폈다. 아무도 보이지 않았다. 적어도 살인은 면하겠구나. 창문을 깨고 들어갈 요량으로 적당한 물건이 있는지 주위를 찾아보던 참이었다.

"여기는 어쩐 일이세요?"

누가 등 뒤에서 말을 걸었다. 소스라치며 돌아보니 그곳에 오필리아가 서 있었다.

"자네가 꼭 내 딸의 초상화를 그려주면 좋겠네."

오필리아의 아버지가 말했다.

"제가요?"

"어머, 머리에 상처가…… 어쩌다 다치셨어요?"

오필리아가 테이블 위에 홍차를 내려놓으며 물었다.

"예? 아, 조금 전에 계단에서 구르는 바람에 머리를 좀 찢었습니다."

나는 거짓말로 둘러댔다.

"어이쿠, 큰일 날 뻔했구려. 얘야, 약을 발라드려라."

"네, 아버지."

구급상자를 가져온 오필리아가 머리의 상처를 소독해주었다.

"따갑지는 않으세요?"

내 얼굴 바로 옆에 오필리아의 얼굴이 있었다. 그녀가 말을 꺼
내자 달콤한 숨결이 와 닿았다.

"괜찮습니다."

"상처가 꽤 깊어 보여요. 내일 의사 선생님을 모셔와서 한번
봐달라고 해야겠어요."

오필리아의 손이 머리카락을 스칠 때마다 심장이 입으로 튀어
나올 듯 벌떡거렸다.

"아닙니다. 굳이 그러실 필요 없어요. 이만한 상처는 익숙하거
든요. 제가 워낙 칠칠치 못해서 평소에도 툭하면 여기 부딪치고
저기 넘어지고……."

"어험, 치료 도중에 미안하네만 아끼 내가 한 세안은 어떻게
생각하나? 딸애가 보여줘서 자네가 그린 그림을 봤는데 실력이

대단하더군. 놀라울 정도로 말이야."

"아……."

"기초는 어디서 다졌나?"

"그림을 따로 배우지는 않았습니다. 그냥 취미로 그리고 있어요."

"그림이 단순한 취미라고? 자네, 천재구먼!"

"제, 제가요? 과찬이십니다."

"과찬이 아니야! 부디 내 딸아이의 초상화를 그려주게나. 내이렇게 부탁함세."

"그렇게 말씀하셔도 전 화구도 없고…… 제가 가진 거라곤 종이와 연필뿐인걸요."

"걱정 말게. 그림 그리는 데 필요한 도구는 내가 지원해주겠네."

"네?"

"화구는 얼마든지 대줄 테니 원하는 물건이 있다면 다 말하게. 마서 씨 화방도 우리 가게 중 하나니까 편히 가져다 쓰고. 아차, 내가 이 말을 했던가? 나는 화방도 운영한다네."

그렇다면 군청색 물감을, 제게 군청색 물감을 주십시오!

그 뒤로 나는 초상화를 그리기 위해 휴일마다 오필리아가 사는 집을 방문했다. 물론 그녀의 진짜 이름은 따로 있었다. 그것을 알고서도 나는 그녀를 마음속으로 '오필리아'라고 불렀다. 그 이름이 마음에 들었다. 오필리아, 오필리아.

"있지, 그림은 어쩌다 그리기 시작했어?"

머릿속에서 생각한 대답은 이랬다.

형을 따라 그렸어요. 제게는 천재 화가 형이 있는데 형을 흉내 내서 그려본 거예요. 형이 그린 그림은 엄청나요. 그에 비하면 제 그림은 새 발의 피죠.

그런데 정작 내 입에서는 엉뚱한 이야기가 튀어나왔다.

"열다섯 살 때 국립미술관에서 본 그림이 머릿속을 떠나지 않았어요. 파란 옷을 입은 여인과 하얀 꽃을 그린 작품이었는데 그 그림을 처음 본 날 충격을 받아서 고열로 쓰러졌어요."

"아하, 마리아 그림!"

"마리아 그림이요?"

"응. 파란 옷을 입은 여인이 성모마리아고 하얀 꽃은 커피 꽃이야."

"커피 꽃?"

"그래. 지금 우리가 마시고 있는 커피의 꽃. 커피나무가 꽃을 피우면 재스민이랑 비슷한 향기가 난대. 아무튼 그럼 마리아 그림을 보고 쓰러졌다가 그림을 그리기 시작한 거네? 굉장하다! 마리아에게 선택받은 화가야."

사실은 형 얘기라는 말은 끝까지 하지 않았다.

형 테오는 일 년 동안 한 작품에 집중하고 있다. 규모가 큰 그림이다. 완성을 목전에 두고 있어서인지 형은 그림 앞에서 떨어질 줄 몰랐다. 밥을 먹거나 화장실에 갈 때 잠깐을 제외하고는 한순간도 손에서 붓을 놓지 않았다. 형은 올해도 미술전람회에 그림을 출품하겠다고 했다. 출품 마감일은 여름 끝자락이었고 해가 지지 않는 이 고장의 여름은 화가를 잠재우지 않았다.

검은색과 군청색이 형의 캔버스 위에서 사나운 형상을 띠고 있었다. 난폭한 겨울 바다를 묘사한 그림이었다.

"입상은 떼놓은 당상이야. 아무렴, 입상하고말고."

형은 십 년째 이렇게 호언장담하고 있다.

"유명해지면 지금까지 그린 그림들도 모두 고가에 팔리겠지. 그러면 너도 쥐꼬리만 한 월급 받으러 책방에 나가지 않아도 돼."

"응."

나는 이미 책방에 거의 나가지 않았다. 오필리아의 집에서 그림을 그리면 그녀의 아버지가 그것을 사주었기 때문이다. 평범하기 짝이 없는 내 그림은 팔리고 신의 기운이 깃든 형의 그림은 팔리지 않는다니.

형이 그린 그림을 보고 있노라면 그 속에서 뿜어져 나오는 힘이 공기를 타고 전해져와 소름이 돋았다. 형의 재능은 지나치게 출중했다. 심사위원과 화구상이 받아들이기 힘들 만큼. 시대를 앞서나가는 형의 그림을 진정으로 이해하는 사람은 세상에 오직 한 사람, 나뿐이었다. 신이 내린 재능을 누구보다 가까이에서 접한다는 기쁨과 우월감에 가슴이 벅찼다. 형의 그림을 위해서라면 살인도 마다하지 않으리라. 각오는 충분했다. 만약 실제로 그런 상황이 닥친다면 나는 누군가를 죽일지도 몰랐다.

건조하고 차가운 가을바람과 함께 느닷없이 오필리아가 책방으로 뛰어들어왔다.

"붙었어! 붙었다고! 이 신문 좀 봐, 어서!"

책방 안에 있던 손님들이 일제히 우리에게 눈길을 보냈다.

"갑자기 그게 무슨 소리예요?"

"입선이야! 당신이 그린 초상화가 입선했어!"

오필리아는 자기가 들고 온 신문을 펼쳐서 보여주었다. 신문에는 내가 그린 오필리아의 초상화가 형이 말한 미술전에서 특상을 받았다는 기사가 실려 있었다. 이게 도대체 어찌 된 일이지?

"당신 몰래 출품해서 미안해. 아버지 등쌀에 오죽 시달렸어야지."

나는 신문을 낚아채 샅샅이 읽었다. 형 테오의 이름은 어디에도 없었다. 왜, 어째서⋯⋯.

"하지만 봐. '금세기 최고의 발견! 우리가 이 청년의 재능을 발굴해 영광이다. 그는 하늘이 내린 천재다.' 축하해! 이제 당신도 유명인이야. 사교계에서 당신을 찾는 건 물론이고 부인들의 사교 모임에도 초대받겠지. 이 동네, 아니지, 나라 전체가 온통 당신 그림 얘기로 떠들썩해질 거야!"

"어떻게 내가⋯⋯."

"아버지가 이 미술전 심사위원단 중 한 분이거든. 뽑힐 줄은 알았지만 내심 걱정했는데 오늘부터는 두 다리 쭉 뻗고 잘 수 있겠어. 당신 덕분에 내 어깨가 다 으쓱해."

"테오는요?"

"응?"

"우리 형 그림은? 겨울 바다, 그건 어떻게 됐죠?"

"글쎄, 그건 나도 몰라. 하여튼 오늘 밤에는 신 나게 놀자! 일 끝나면 우리 집에 와."

나는 오필리아에게 신문을 돌려주고 황급히 책방을 나왔다. 뒤에서 무어라 외치는 오필리아를 내버려둔 채 집을 향해 달렸다.

"형!"

나는 집 안으로 뛰어들었다.

형은 의자에 앉아 발로 엽총을 잡고 발가락으로 방아쇠를 당기려 하고 있었다. 엽총 부리가 조준하고 있는 곳은 형의 목이었다.

"형! 안 돼!"

달려들어 엽총을 빼앗았다. 그와 동시에 총성이 터져 고막을 찔렀다.

형은, 죽지 않았다.

형에게서 엽총을 빼앗을 때 총신이 폭발했고 내 오른손 손가락이 날아갔다. 형은 얼굴과 머리에 경미한 상처를 입는 데

그쳤다.

형 테오는 외상보다 정신적 충격이 심각했다. 상처가 다 아문 뒤에도 아무것도 하지 못하고 온종일 격자무늬 철창이 달린 창밖만 바라보았다. 전두엽 손상 때문인지 폭력적인 성격도 사고 이후 백팔십도 바뀌었다.

나는 오른손을 잃고 그림을 한 점도 그리지 못했다. 그림을 타고 밀려들어 온 오필리아와 그녀의 아버지도 썰물처럼 곁에서 떠나갔다. 오필리아는 레스터 거리의 오래된 책방에도 발길을 끊었다.

형도 더는 그림을 그리지 않았다. 내가 그린 보잘것없는 초상화가 형에게서 그림을 앗아버렸다는 생각에 견디기 힘들었다. 오른손을 잃어도 싸다, 응분의 대가다. 그렇게 여기며 발버둥을 쳐도 신의 날개를 내 손으로 꺾고 말았다는 죄책감은 사라지지 않았다. 형이 다시 그림을 그리는 날이 오기를 바랐다. 나는 파란 옷을 입은 성모마리아에게 기도하며 죄책감에서 벗어나려 애썼다. 그리고 결심했다. 재스민과 비슷한 향이 난다는 진짜 커피 꽃을 형에게 보여주자고. 그러면 열다섯 살의 그날처럼 형이 기운을 차리고 다시 붓을 쥘 것만 같았다. 그 새하얀 꽃은 형이 신의 기운을 받은 원천이니까.

나는 커피 꽃을 찾아 먼 남쪽으로 여행을 떠났다. 북위 66도 33분 북극권에 속하여 오로라가 너울대는 이 고장에서는 애초에 커피 재배가 불가능하니까. 커피는 주로 남북위도 25도 내에서 재배한다. 여기에서 무척이나 먼 곳이다. 그럴지라도 나는 반드시 커피 꽃을 찾아야 했다. 형과 형의 그림을 위해, 형 테오가 신과 맺은 약속을 위해서.

길고 긴 항해였다. 항해를 마치고 나서도 한참을 더 떠돌아야 했다. 구걸을 해가며 사방팔방 헤맨 끝에 가까스로 커피 열매를 손에 넣었다. 아라비아 사람들은 가공하지 않은 커피 종자를 쉬이 외부로 반출하지 않는다는 이야기를 들었던 터라 생두가 한가득 담긴 봉투에 커피 종자를 숨겼다. 목표한 물건을 손에 넣은 나는 화물선에 올라타 밀항을 시도했다. 그 배는 풍랑을 만나 침몰했다.

그날은 동이 채 트기도 전에 눈이 뜨였다. 평소보다 한 시간이나 이르게 일어났건만 딱히 할 일이 없었다. 밖은 희붐했다. 이왕 일어났으니 해돋이라도 보러 가자는 생각에 차가운 새벽 공기를 헤가르며 바닷가를 향해 길게 뻗은 비탈길을 내려갔다. 아직 사람들이 깨어나지 않아 길은 한적했다.

갈매기가 여느 때보다 요란하게 울어댔다. 갈매기 울음소리에 뒤섞여 때때로 까옥거리는 소리가 들렸다.

바닷가에 다다르니 거대한 산을 이룬 까마귀 떼와 그 위를 빙글빙글 돌고 있는 갈매기가 보였다. 시커먼 까마귀들이 바닷물에 퉁퉁 불은 한 남자의 시체를 게걸스레 쪼아 먹고 있었다.

파도에 떠밀려온 시체는 변두리 황무지에 연고도 없이 묻혔다. 그 지역에는 화장하는 풍습이 없어서 시체는 묏자리 파는 일꾼이 파둔 구멍 속으로 굴러 들어갔다. 무덤 위에는 둥근 봉분이 올랐다. 이렇게 묻힌 사람의 영혼은 살이 썩고 봉분이 무너져 평평해질 즈음에야 하늘로 올라간다고 한다.

봉분의 흙이 무너지고 흩어지기를 거듭하며 수년이 흘렀다. 바닷가에 떠밀려온 남자의 시체가 황무지에 묻혔다는 사실이 모두의 기억 속에서 희미해졌을 무렵, 무덤가에서 작고 가느다란 나무 한 그루가 자라나더니 이윽고 새하얀 꽃을 피웠다. 남자가 가져온 열매가 남자의 육신과 신앙을 양분 삼아 기적처럼 싹을 틔우고 성장한 것이다.

꽃 피는 계절이 오면 이름 모를 하얀 꽃이 재스민과 비슷한 향기를 뿜었다. 언젠가 테오가 변두리로 산책하러 나오기를 간절히 기다리는 중일 거다.

두 번째 잔

제비꽃 커피와 연꽃 젤리

- 가와구치 요코 -

두 번째 잔

바토馬頭 커피집은 고층빌딩이 밀집한 거리 뒤편 좁다란 골목에 있다. 타이야키*의 옆구리에서 비어져 나온 팥소처럼 생뚱맞은 위치에 말이다. 찻집 분위기와 완전히 따로 노는 '바토'라는 상호는 말 머리를 머리 위에 얹고 있는 마두관음馬頭觀音이나 오리온자리에 있는 암흑성운인 말머리성운과는 아무런 관계가 없다. 대 위쪽이 말 머리 모양이어서 마두금馬頭琴이라 불리

* 팥소를 넣고 구운 도미 모양 풀빵

는 몽골의 현악기와도 상관이 없고 주인장의 성姓에서 따오지도 않았다. 찻집 이름이 어디서 비롯되었는가에 대한 이야기는 몇 안 되는 단골손님들 입에 자주 오르내리는 화제였다. 이 찻집에는 단골들이 대강 내막을 넘겨짚으며 궁금해하는 7대 불가사의가 있는데 그중 하나가 '바토'라는 가게 이름이다.

내가 아는 7대 불가사의는 다음과 같다.

1. 의미조차 불분명한 이 가게 이름은 도대체 어디서 유래했는가.

2. 어떻게 바토가 있는 구역만 재개발 붐에서 살아남았는가.

3. 이렇게 눈에 띄지 않는 뒷골목에서 무슨 재주로 30년씩이나 근근이 가게를 이어왔는가.

4. 과일 젤리를 내올 때 왜 꼭 접시에 파슬리를 뿌려주는가.

5. 바토 뒤뜰에서 사람을 경계하는 검은 고양이를 기른다는 소문

6. 가게 주인의 뼈에서, 그것도 갈비뼈나 가슴뼈 혹은 빗장뼈에서 소리가 난다는 소문

7. 모름

1번부터 4번까지는 내가 알고 있던 것들이고 5번과 6번은 벌써 수십 년째 바토를 드나드는 네모토 씨가 알려준 정보이다. 마지막 불가사의는 아직도 무엇인지 모른다. 나는 바토에 드나든 지 햇수로 겨우 이 년째인 햇병아리인 것이다. 그래도 이제는 쭈뼛대지 않고 카운터 테이블에 앉을 만큼 바토의 주인장들과 친해졌다. 나는 카운터 테이블에 팔꿈치를 괴고 '씁쓸한 커피'를 홀짝이며 주인장에게 말을 건넸다.

"언젠가는 7대 불가사의 중 하나만이라도 풀고 싶어요."

"오래된 가게라면 무릇 불가사의 한두 개쯤은 갖고 있는 법이죠."

여든을 코앞에 둔 스미레 씨가 새치름한 얼굴로 대꾸하자 네모토 씨가 그 말을 받는다.

"불가사의라고 하니까 든 생각인데, 예로부터 오래된 물건에는 혼이 깃들어서 소중히 다루지 않으면 도깨비로 변한다는 얘기가 있잖습니까. 여기도 슬슬 커피 도구에 혼이 깃들 때가 되지 않았나요?"

"우리는 커피 잔도 주전자도 날마다 정성껏 닦고 있으니 도깨비의 원한을 살 일은 없답니다. 그렇지?"

스미레 씨가 옆에 앉은 렌게 씨에게 동의를 구하듯 물었다. 렌게 씨는 미소를 지으며 고개를 끄덕였다. 렌게 씨는 스미레 씨와 세 살 터울이 지는 여동생이다. 바토에 들어오면 봄 하늘에 뜬 엷은 구름처럼 백발이 성성한 두 자매가 카운터 테이블 안쪽 둥근 의자에 동그마니 앉아 있다.

바토를 발견한 날을 떠올려본다. 내가 대로변에 우뚝 선 고층 빌딩 맨 위층에 있는 기업에서 마지막으로 일한 날, 일 년이라는 아르바이트 계약기간이 만료된 날이었다. 그 다음날부터 내가 할 일은 없었다. 새로운 일을 찾을 가망도 없었고 하고 싶거나 앞으로 해야 할 일도 떠오르지 않았다. 한 달 전 헤어진 애인은 전화 한 통 없었다. 예상한 일이기는 했지만 쓸쓸했다.

"하루카, 미안해. 그동안 진심으로 고마웠어."

애인은 한껏 변명을 늘어놓고는 그길로 집을 나갔다. 들뜬 마음을 감추기는커녕 후련해하던 옆모습이 문득 떠올랐다. 그때 그는 이미 새로운 여자 친구를 사귀고 있었다. 보호본능을 자극하는 아담하고 여우 같은 여자를. 예쁘장한 여자가 남의 애인을 뺏는 여우 짓이 때로는 굉장히 매력적으로 보인다. 그는 분명 내치고 뿌리쳐도 다리에 착 달라붙는 강아지처럼 꼬리를 흔들며 그녀를 따라갔겠지.

내가 사무실에서 한 마지막 일거리는 내 자리였던 철제 책상의 서랍을 비우고 깨끗하게 닦는 일이었다. 회사 건물을 나와 지하철역으로 향하는데 돌연 진눈깨비가 내리기 시작했다. 우산도 없는데 냉기까지 훅 끼치니 코끝이 찡했다.

개미 눈물만큼이라도 좋으니 어서 기분을 전환해야 했다. 그래, 카페에 들어가 따뜻한 카푸치노를 마시며 몸을 녹이자. 당장은 그 방법밖에 떠오르지 않았다.

뒷골목에서 언뜻 카페 간판을 봤던 게 떠올라 기억을 더듬어 샛길로 들어섰다. 골목길 끝에 '바토 커피집'이라고 적힌 흰색 간판이 보였다. 진눈깨비를 맞으며 간판이 있는 곳까지 걸어가 보니 안쪽에 고풍스러운 목조 건물 한 채가 서 있었다. 어째서인지 순간 가게 안으로 들어가기가 망설여졌다. 머뭇거리는 사이 진눈깨비가 비로 변해 세차게 쏟아졌다. 굵은 빗줄기에 등을 떠밀리듯 나는 가게의 격자문을 열었다.

그때 내 눈앞에 펼쳐진 광경을 지금도 똑똑히 기억한다.

반들반들 윤이 나는 건 목제 키운디 테이블 안쪽에 서로 똑 닮은 할머니 둘이 앉아 있었다. 그 모습은 마치 긴 마이너스

기호 위에 나란히 붙은 트레마*처럼 보였다. 두 할머니는 내가 문을 열자마자 동시에 일어나더니 한목소리로 "어서 오세요."라고 인사했다.

오래된 스피커에서 클라브생**의 음색이 듣기 좋게 흘러나왔다. 검붉은 소파가 늘어선 가게 안에는 손님이 한 명도 없었다. 두 사람의 시야에서 최대한 벗어난 테이블에 앉아 메뉴판을 펼쳤다. 나는 다른 사람의 눈길을 부담스러워해서 옛날 애인과 스스럼없는 사이가 되었을 때에도 눈을 똑바로 마주치지 못했다. 어렵지도 않은 부분에서 손이 막히는 피아노 연주자처럼 말이다.

메뉴판 맨 위에는 검은 고양이가 콩알만 하게 그려져 있었다. 한 할머니가 사붓사붓 다가와 앙고라 털실로 짠 무릎담요를 내밀었다.

"다리 쪽이 써늘하죠? 이 자리는 창문 틈으로 바람이 들어오니까 이걸로 감싸야 몸이 따뜻해져요."

나는 감사 인사를 드리고 푹신한 무릎담요로 다리를 감쌌다. 마음이 푸근해지고 굳었던 몸이 풀렸다.

이어서 나온 '쌉쌀한 커피'는 그야말로 놀라웠다. 별다른 기대

---

* 프랑스어에서 알파벳 위에 동그란 점 두 개를 붙여서 발음을 구별하는 기호
** 소형 그랜드피아노처럼 생긴 건반 달린 발현악기

없이 마셨는데 입안에 감도는 맛과 향이 충실하기 그지없었다. 감칠맛 나는 쓴맛과 은은한 단맛이 조화를 이루며 세포 하나하나에 스며들었다.

눈을 감고 파도치듯 혀에 감겨드는 구수한 쓴맛을 즐겼다. 세상과 내가 딱 맞는 톱니바퀴처럼 맞물려 돌아가는 느낌이었다. 커피 잔 위로 아른아른 피어오르는 김 속에서 잠시나마 온 세상이 평온했다.

두 할머니가 카운터 테이블 안쪽에서 두런두런 대화하는 소리가 들려왔다.

"오늘 하루는 건너뛰자. 비도 오잖아."

"비 내리는 날에도 고양이는 배가 고프다고."

접시를 손에 든 할머니 한 분이 조용히 뒷문을 열고 뒤뜰로 나갔다. 고양이를 부르는 가냘픈 목소리가 빗소리에 섞여 들려왔다.

"타비."

그때 들은 그 이름이 바로 바토의 7대 불가사의 중 다섯 번째에 등장하는 고양이의 이름이었다.

얼마 지나지 않아 나는 바토와 가까운 곳에 있는 어학원에서 아르바이트를 시작했다. 접수처 사무직이었는데 영어와 프랑스어 회화를 조금 할 줄 안다는 점이 인사담당자에게 좋은 인상을 준 듯했다.

아르바이트가 끝나고 집에 가는 길이면 일주일에 한 번은 꼭 바토에 들러 '쌉쌀한 커피'와 과일 젤리를 주문하고 책을 읽었다. 메뉴판에는 '쌉쌀한 커피' 외에도 '쓰지 않은 커피', '연한 커피', '밀크 커피' 등이 차례로 쓰여 있었지만 내 입맛에는 '쌉쌀한 커피'가 가장 잘 맞았다.

언젠가 스미레 씨가 이런 말을 한 적이 있다.

"당신처럼 젊은 사람은 몸에 아직 쓴맛이 배지 않아서 몸이 쓴맛을 찾는 거겠죠."

"스미레 씨 몸에는 쓴맛이 많이 배었나요?"

"그럼요. 긴 세월에 걸쳐서 조금씩 배었지요. 날마다 잠자리에 들어 모로 누워 있노라면 쓴맛이 목까지 차올라요. 그럴 땐 달짝지근한 걸 마셔줘야 한답니다."

스미레 씨가 가게 문을 열고 가장 먼저 하는 것은 '쓰지 않은 커피'와 '쌉쌀한 커피'를 내려 직접 맛을 확인하는 일이다. 가게를 닫기 전에는 '밀크 커피'에 흑설탕을 넣어 천천히 마신다.

저녁 무렵이면 으레 네모토 씨가 찾아와 카운터 테이블 자리를 차지하고 책을 읽는다. 네모토 씨는 근처에서 작은 가구 수리 공방을 운영하는 아저씨인데 오후 여섯 시만 되면 바토 카운터 테이블 자리에 앉아 '밀크 커피'를 주문한다. 삼십 분 뒤에는 반드시 '쓰지 않은 커피'를 추가로 주문해 문을 닫는 일곱 시까지 한가로이 시간을 보낸다.

"네모토의 네모는 네모선장*의 네모랍니다."

처음 만났을 때 그는 이렇게 자기소개를 하며 네모가 온종일의 네모**라는 말도 덧붙였다. 네모토 씨는 내가 가게에 들어서면 언제나 "오셨군요. 책상이나 의자가 망가져도 바로 버리지는 마세요. 목제 가구는 제가 고쳐드릴 테니까요."라고 말하곤 다시 독서에 열중했다.

대체 무슨 책을 저렇게 열심히 읽나 궁금해서 살짝 들여다보면 매번 가장자리가 누렇게 바랜 《해저 2만 리》였다. 똑같은 책을 들고 어떤 날에는 후반부를 읽다가 다른 날에는 차례를 펼쳐놓았다. 아무래도 네모토 씨에게는 책 내용이 크게 중요치 않은 모양

* 쥘 베른의 소설 《해저 2만 리》와 《신비의 섬》의 등장인물
** 일본어로 온종일[終日]은 '히네모스'라고 발음한다.

이다. 어쩌면 머리를 식히고 싶을 때 눈길 둘 곳을 하나 정해두면 편하다는 점을 알고 이용하는지도 모르겠다.

네모토 씨의 아버지는 스미레 씨와 동창이라고 한다.

"우리 아버지가 젊었을 적에 말입니다, 스미레 씨와 렌게 씨 두 분 모두에게 마음이 끌렸대요. 언니는 똑똑한 인재고 여동생은 미인이라 이 근방에서 유명한 자매였다고 하더군요."

당시 렌게 씨는 사귀는 사람이 있었으나 평생 누구와도 결혼하지 않았다. 스미레 씨는 맞선을 보고 결혼하여 슬하에 세 자녀를 두었다.

세월은 닮은 구석이라곤 전혀 없던 자매를 변화시켰다. 딴판이던 이목구비며 나이 차를 은하 저편 블랙홀로 날려버렸다. 칠순이 넘을 즈음 스미레 씨와 렌게 씨의 머리 위에는 나란히 백발이 내려앉았고 얼굴에는 도쿄 지하철 노선도만큼이나 복잡한 주름이 똑같이 잡혔다.

어느 날 네모토 씨가 작은 목소리로 귀띔해주었다. 두 분에게는 결코 할머니라는 호칭을 사용해서는 안 된다고. 간혹 그것을 모르는 손님이 제 딴에는 살가운 질문을 던지기도 했는데 그럴 때면 스미레 씨가 점잖게 타박을 주고는 했다.

"할머님께서는 무척 정정하시군요. 연세가 어떻게 되세요?"

"여자에게 나이를 묻는 건 실례랍니다."

실례라는 말은 스미레 씨의 입버릇 중 하나였다.

바토 커피집에는 스미레 씨와 렌게 씨가 정한 규칙이 몇 가지 있다.

카운터 테이블 자리는 단골손님에 한해 앉을 수 있으며 단골일지라도 무람없는 언동은 삼간다. 커피 원두는 자매의 마음에 드는 커피 볶는 집에서 신선한 것을 들이고 늘 좋은 품질을 유지한다. 손님이 주문을 하면 스미레 씨가 한 잔 분량의 원두를 직접 갈아 핸드 드립 방식으로 커피를 내린다. 과일 젤리는 렌게 씨가 제철 과일을 이용해 만든다*. 젤리 종류에는 딸기 젤리, 복숭아 젤리, 귤 젤리, 포도 젤리, 사과 젤리, 금귤 젤리 등 여러 종류가 있다. 토스트는 식빵을 두껍게 잘라서 석쇠로 굽되 겉은 바삭하고 고소하게, 가운데는 폭신폭신하게 구워낸다. 가게에 흐르는 음악은 바로크 시대의 기악곡만 튼다.

* 두 주인장의 이름에서 스미레는 '제비꽃', 렌게는 '연꽃'을 의미한다. 이 글의 제목 '제비꽃 커피와 연꽃 젤리'는 이 부분에서 따왔다.

"커피를 마실 때는 바로크 실내악이 제격이에요."

스미레 씨는 단호하게 말했다.

"겉만 번지르르한 크레센도나 포르티시모가 없어서 깜짝 놀랄 일이 없거든요."

네모토 씨와 나는 스미레 씨가 하는 이야기를 듣기 좋아했다. 눈을 감고 평온하게 미소 짓는 렌게 씨를 보는 일도 즐거웠다. 가끔 렌게 씨 입술 왼쪽에서 턱으로 이어지는 깊은 주름에 침이 흘러내려 빛날 때가 있는데 그때마다 스미레 씨는 다림질한 하얀 손수건을 꺼내 태연하게 동생의 왼쪽 턱을 닦아주었다.

가게가 한가하면 두 분은 깨끗한 행주로 커피 원두를 담는 유리병을 꼼꼼히 닦거나 카운터 테이블을 정리한다. 나는 안너 빌스마*가 고악기로 연주한 바흐의 무반주첼로조곡에 귀를 기울이며 빌스마의 말을 음미했다.

"현대 악기가 하얀 종이에 검은색으로 음악을 그린다면 고악기는 검은 종이에 흰색으로 음악을 그린다."

어느 날 공연한 호기심이 생겼다. 스미레 씨와 렌게 씨는 지금

* 네덜란드의 고음악 연주자. 바로크 첼로의 부활에 공헌했다.

껏 살아오면서 행복한 날이 많았을까, 불행한 날이 많았을까? 하루는 날씨 얘기를 하듯 대수롭지 않게 두 자매에게 물어보았다.

"두 분은 삶이 행복하세요?"

"그럼요. 행복해 보이지 않나요?"

렌게 씨가 간결하게 대답했다. 렌게 씨의 우아한 어미가 진한 커피에 떨어뜨린 우유 한 방울처럼 침묵 속에 녹아들자 스미레 씨가 입을 열었다.

"나는 이불 속에 들어가 잠을 청하는 밤이면 그날 하루도 행복하게 보냈다고 생각해요. 그런 날들의 연속이 행복한 인생인지는 모르겠지만 말이죠."

요즘 들어 푹 잠든 날이 언제였는지 떠올려보려 했으나 쉽사리 떠오르지 않았다.

"쓸데없는 질문을 하는 걸 보니 하루카 씨가 행복한 삶에 대해 고민이 있나 보군요."

네모토 씨가 반쯤 농담조로 우리의 대화에 끼어들었다. 네모 선장은 대화의 키를 쥐고 이야기를 웃음소리가 넘실대는 넓은 바다로 데려가기를 좋아했다. 화제가 심각하건 가볍건 울적하건, 농담인지 진담인지 종잡지 못할 말로 어떤 얘기든 밝은 바다로 이끈다. 천성이 그런 사람인지라 나는 그의 말에 개의치 않고 다음 말을 이어나갔다.

"무엇을 하며 하루를 보내야 할까요? 제가 무슨 일을 해야 진심으로 즐거울지 잘 모르겠어요. 이대로라면 행복은 꿈도 꾸지 못하겠죠?"

야무지게 행주를 개키던 스미레 씨가 내 얼굴을 보며 이렇게 말했다.

"난 행복하든 아니든 상관없다고 생각해요. 하루카 씨도 일부러 행복해지려고 아등바등 애쓰지 마요. 행복을 목표로 삼는 건 어리석은 일이에요."

그게 어리석은 일이라고?

갑자기 커피 맛이 느껴지지 않았다.

"자자, 어린 아가씨가 스미레 씨 경지에 도달하긴 아직 일러요, 일러."

네모토 씨가 웃으며 다시 이야기에 끼어들었다.

현금 출납계 옆에 놓인 검은 구식 전화기가 투박한 소리를 내며 울렸다. 스미레 씨가 수화기를 집어들었다.

"쌉쌀한 커피 여덟 잔이요? 네, 바로 준비해 놓겠습니다."

스미레 씨는 노련한 동작으로 전동 밀에 원두를 넣고 갈았다.

신선한 커피 향이 카운터 테이블 전체에 퍼졌다. 나는 복잡한 생각을 잠시 접고 천천히 심호흡을 했다. 태양, 흙, 수목, 밤비, 불꽃이 서로를 다정하게 끌어안는 향기다.

잠시 후 스테인리스 포트를 손에 든 청년이 가게로 들어왔다. 네모토 씨는 파안대소하며 자리를 털고 일어났다.

"하하하, 또 당신이군요! 오늘도 졌어요?"

"지는 것도 습관인가 봐요."

청년은 네모토 씨를 따라 웃고는 가져온 포트를 카운터 테이블 위에 내려놓았다. 스미레 씨가 방금 내린 커피를 포트에 따르는 동안 네모토 씨가 내게 사정을 설명해주었다.

"이 사람이 일하는 사무실에서는 철야하는 날이면 모두 모여 백 엔짜리 동전으로 홀짝게임을 한답니다. 바토에 와서 커피 받아 올 사람을 정하는 건데 여기 있는 후지 군이 지는 확률이 경이로울 만큼 높아요. 아! 오늘부터는 아예 표를 만들어 기록해두면 어때요?"

"괜찮은 생각이군요, 어쩌면 표에서 운의 법칙을 발견할지도 모르겠어요."

홀짝게임을 하면 밥 먹듯이 진다는 '후지 군'이 뜻밖에 진지한 얼굴로 말했다.

"오호, 이참에 후지 군에게 얼마나 운이 따르는지 밝혀볼까요? 하지만 후지 군이 지는 까닭은 운의 법칙 때문이 아니랍니다. 스미레 씨와 렌게 씨를 보고 싶다는 무의식이 패배를 부르는 거니까요."

웃으며 계산을 마친 후지 군은 스미레 씨에게 감사의 표시로 귤 두 개를 건넨 뒤 커피가 가득 담긴 포트를 들고 돌아갔다.

막 미닫이문이 닫히는 참이었다. 렌게 씨가 천천히 자리에서 일어나더니 고양이 밥그릇으로 쓰는 파란 도기 그릇에 사료를 담아 뒷문으로 나갔다.

"타비."

뒤뜰에서 렌게 씨가 고양이 부르는 소리가 들려왔다. 스미레 씨와 네모토 씨가 별안간 입을 꾹 다물었다. 가게 안을 흐르던 공기가 순식간에 투명한 젤리처럼 굳었다. 네모토 씨는 《해저 2만 리》로 눈길을 떨어뜨렸고 스미레 씨는 찬장에서 지문 하나 묻지 않은 유리컵을 꺼내 정성 들여 닦았다. 두 사람은 마치 젤리 안에 담겨 굳어버린 팥알 같았다.

문득 여기는 내가 있을 곳이 아니라는 느낌에 휩싸였다. 인사를 건네고 가게를 나오니 이미 땅거미가 내려 골목길이 어둑했다. 어슴푸레한 가로등 불빛에 비친 렌게 씨의 하얀 가운이 서향* 옆에 두둥실 떠오른 듯 보였다.

가만히 렌게 씨 옆으로 다가가 검은 고양이가 나타나길 기다렸다. 고양이는 좀처럼 모습을 드러내지 않았다. 낯선 사람을 본능적으로 경계하는 습성 탓이리라.

골목에서 올려다본 빌딩 숲은 거대한 수조를 연상시켰다. 불현듯 옛 애인의 옆모습이 떠올랐다. 아직도 가슴이 쿡쿡 쑤셨다. 렌게 씨가 내 팔을 잡아끌어 툇마루에 앉혔다.

"타비는 렌게 씨에게만 모습을 보여주나 봐요."

"맞아요. 낯을 심하게 가리거든요."

"어떤 고양이예요?"

렌게 씨는 가슴께에 품고 있던 사진을 꺼내 눈동자가 황록색인 검은 고양이를 보여주었다. 양말을 신은 것처럼 네 발만 하얀 고양이가 당장이라도 사진에서 튀어나와 덤벼들 듯했다.

* 팥꽃나뭇과의 상록 관목. 3, 4월에 흰빛 또는 붉은 자줏빛 꽃이 줄기 끝에 뭉쳐 피고 향기가 강하다.

"왜 타비라는 이름을 붙이셨어요? 설마 여행*을 할 줄 아는 고양이라서?"

"검은 고양이인데 발목 아래만 하얗잖아요. 꼭 타비**를 신은 것 같지 않나요?"

"아하, 그 타비구나!"

나도 모르게 '타비'의 악센트가 바뀌었다.

"아가씨는 봄 향기가 날 때 태어나서 이름이 하루카***지요?"

"네, 맞아요."

"봄 향기라는 말을 들으면 나는 노상 서향이 떠올라요."

"혹시 렌게 씨도 봄에 태어나셨어요?"

"아뇨. 나는 12월에 태어났어요. 아버지가 자식들 이름으로 끝 말잇기를 하셨답니다. 스미레, 렌게, 겐타, 타케시. 겐타랑 타케시 는 남동생들 이름이에요. 둘 다 요절했지만요."

지금이 절호의 기회다. 나는 단도직입적으로 '바토'라는 가게 이름의 유래를 물었다. 렌게 씨는 후후 하고 소리 내 웃었다.

* 여행[旅]의 일본어 발음은 '타비'이다.
** 일본식 버선
*** 일본어로 봄을 뜻하는 '하루'와 향기 나다는 뜻의 '카오루'의 첫음절을 따와서 '하루카'이다.

"좋아하던 사람에게 가게 이름을 지어달라고 부탁했어요."

"렌게 씨 애인이었나요?"

"그래요. 야마가타라고 내가 스무 살 적에 만난 사람이었죠."

야마가타 씨는 커피와 상송을 무척 좋아하고 항상 레몬색 타이를 매는 세련된 남자였다고 한다. 그는 대학을 졸업한 뒤 아버지의 일을 도우며 수년간 유럽을 도는 계획을 잡아두었는데 끝내 렌게 씨와 결혼을 약속하지 않은 채 유럽으로 떠났다.

"그 사람이 유럽으로 떠나던 날 공항까지 배웅을 나갔어요. 난 언젠가 맛있는 커피집을 열겠다고 하면서 그 사람에게 가게 이름을 지어달라고 부탁했죠. 그는 종이에 바토라는 이름을 적어주며 가게를 열면 알려달라고 했어요. 열 일 제치고 커피를 마시러 오겠다고요."

"바토의 뜻이 뭐라고 하던가요?"

"글쎄요. 따로 알려주지는 않았답니다."

"야마가타 씨는 돌아오셨나요? 바토에 커피를 마시러 왔어요?"

"아뇨. 언니랑 내가 바토를 연 건 그로부디 이십 년도 더 지난 뒤인걸요. 형부가 돌아가시고 나서 열었으니까요."

"그럼 공항에서 헤어지고서 한 번도 안 만나신 거예요?"

"그렇게 됐어요. 그 사람이 유럽으로 떠나고 반년인가 지났을 때 예쁜 보석 상자를 하나 보내오긴 했지만요. 이만하게 큰 보석 상자인데 나는 보석이 없어서 기모노 허리띠 장식을 넣어놨어요."

"렌게 씨, 아직도 그분을 좋아하세요?"

"이젠 얼굴도 가물가물해요."

렌게 씨는 또 후후 웃었다.

나는 궁금했다. 밤마다 렌게 씨의 머리맡에는 깊은 잠이 한달음에 달려올까?

날들은 밀물처럼 들어왔다 썰물처럼 빠져나간다. 기분도 마찬가지다. 감정에는 만조와 간조가 있어서 만조가 오고 나면 반드시 간조가 오게 마련이다.

바토에서는 시간이 더디 흘렀다. 더치커피를 내리는 기구 끝에서 똑똑 떨어지는 커피 방울처럼. 물은 커피 가루가 쌓여 만든 갈색 층을 눈에 띄지 않게 적시며 한 방울씩 느릿느릿 떨어진다. 일 분에 딱 한 방울. 지켜보고 있노라면 절로 졸음이 쏟아지는 리들이다.

7대 불가사의가 있는 조용한 찻집 안에서 세상은 안정감 있고 규칙적으로 돌아간다. 스미레 씨와 렌게 씨는 날마다 카운터 테이블 안에 단정히 앉아 있다가 우리가 미닫이문을 열고 들어가면 동시에 일어나 한목소리로 인사했다. "어서 오세요." 두 분이 항상 가게 구석구석을 꼼꼼히 닦고 청소해두는 덕분에 커피도 늘 일정한 온도로 내려졌다.

어느 가을날의 해 질 녘이었다. 난조는 예고도 없이 들이닥쳤다.

그날은 어스름한 카운터 테이블 안 둥근 의자에 스미레 씨 혼자 앉아 눈을 감고 있었다. 다른 사람은 그림자도 보이지 않았다. 가게에 이상한 기운이 감돌았다. 축음기가 다 돌아가 버린 가게 안은 무척 고요했고 스미레 씨는 호흡이 멎기라도 한 듯 미동조차 하지 않았다.

설마.

순간 스미레 씨 손가락이 움찔 움직였다.

스미레 씨의 잠든 얼굴은 깨어 있을 때와 사뭇 달랐다. 언제나 활발하고 명랑하던 표정은 온데간데없고 깊은 주름이 그 자리를 대신했다. 주름을 따라 그림자가 진 모습이 소름 끼치게 나이 들어 보였다. 이건 내가 보아서는 안 될 모습이라는 직감이 들었다. 나는 얼른 이름을 불러 스미레 씨를 깨웠다.

스미레 씨의 영혼이 육신으로 돌아오는 데에는 약간 시간이 필요했다. 겸연쩍었는지 스미레 씨가 고개를 흔들며 말했다.

"아이고, 하루카 씨. 미안해요. 제가 깜빡 졸았군요."

"아닙니다. 괜찮아요. 그런데 렌게 씨는요?"

"몸 상태가 좀 별로여서 이 층에서 자고 있어요."

스미레 씨는 평소와 달리 굼뜨게 일어나 가스 불에 주전자를 올렸다. 어학원 강사에게 들은 이야기가 떠올랐다. 그는 이 일대가 재개발지역이 되었다는 풍문을 들었다고 했다. 바토는 과연 언제까지 유지될 수 있을까.

"제가 렌게 씨 대신 타비한테 밥이라도 주고 올까요?"

괜한 생각을 접으려고 그냥 한번 꺼내본 말에 스미레 씨가 손길을 멈추었다.

"그럴 필요 없어요. 타비는 렌게의 상상 속에 존재하는 고양이니까요."

스미레 씨는 나를 돌아보지 않고 대답했다.

"네? 그게 무슨 말씀이세요?"

잠시 주저하던 스미레 씨는 마음을 다잡았는지 단숨에 사연을 들려줬다.

"타비라는 고양이를 기르긴 했는데 벌써 십오 년도 더 전에 늙어 죽었어요. 요즘 들어 부쩍 렌게의 기억이 오락가락해서 어제 일과 옛날 일을 구별하지 못할 때가 많답니다."

나는 묵묵히 스미레 씨가 내려준 씁쓸한 커피를 마셨다.

타비 사진을 보여주던 렌게 씨의 손끝이 떠올랐다. 계속 가늘게 떨리고 있었다. 돌이켜보니 과일 젤리를 담은 접시를 내올 때도 그랬다.

네모토 씨도 이 사실을 알까? 알겠지. 바토에서 나오는 길에 사료가 담긴 고양이 밥그릇을 깨끗이 비운 까닭도 그래서인지 모른다. 렌게 씨가 슬퍼하지 않도록.

바다 저편에서 애인이 보내온 마지막 선물, 한 아름이나 되는 커다란 보석 상자를 렌게 씨는 실제로 받았을까? 과거와 현재의 기억이 뒤죽박죽인 상황에서 애인과 나눈 추억이 다른 시공간으로 옮겨가지 않고 고스란히 남아 있으리라고 단정하기는 어렵다. 환상 속 검은 고양이를 무릎에 앉힌 채 미소를 띠운 렌게 씨는 떨리는 손으로 검은 도화지 위에 엷은 먹빛 그림을 그려온 것이다.

두 주일이 지나도 렌게 씨는 가게에 나타나지 않았다. 메뉴판의 '과일 젤리' 위에는 "죄송합니다. 잠시 쉽니다."라고 쓰여 있는 종이가 붙어 있었다. 나는 탁자 위에서 어룽어룽 금빛을 발하던 사과 젤리를 떠올렸다. 새콤달콤한 사과 조각이 씹히는 아름다운 젤리, 파슬리를 곁들여내는 불가사의한 과일 젤리.

그다음 주에 바토의 미닫이문을 열고 들어가니 렌게 씨가 앉아 있었다.

"어서 오세요."

다시 나란히 인사하는 자매의 목소리를 듣고 얼마나 가슴을 쓸어내렸는지. 방긋 웃으며 반겨주는 렌게 씨의 모습은 전과 다름없어 보였다. 언제나 같은 자리에 앉는 네모토 씨도 마음을 놓은 기색이 뚜렷했다. 첫 만남 때 자기소개를 하며 들먹인 온종일(히네모스)이라는 말이 새우처럼 굽은 등에 붙어 있는 듯했다.

네모토 씨 앞 카운터 테이블에 커다란 나무 상자 하나가 놓여 있었다.

"하루카 씨, 오셨군요. 안녕하세요?"

"예, 안녕하세요? 근데 네모토 씨, 그 상자는 뭐예요?"

"바다의 여신님이 제게 맡기고 간 보물 상자랍니다."

"어마, 그렇담 열면 안 되겠군요."

나는 네모토 씨와 한 칸 떨어진 자리에 앉았다.

"여부가 있겠습니까. 어차피 열리지도 않을 듯싶고 말이죠. 프랑스제 보물 상자인데 상당히 낡은 물건입니다."

네모토 씨는 만약 정말 열리지 않으면 자기가 수리해오겠다며 잠시 상자를 살펴보았다. 상자에 달린 5단 서랍을 하나씩 신중하게 여닫는데 맨 아래 서랍이 중간에 걸려서 끝까지 열리지 않았다.

"힘으로 열면 안 돼요. 렌게가 소중히 여기는 물건이니까."

아! 이 상자가 렌게 씨가 말한 보석 상자구나. 애인이 준 선물.

오랜만에 제자리에 앉아 있는 렌게 씨는 평소처럼 두 손을 무릎 위에 포개고 후후 웃었다.

긴 세월이 지났는데도 보석 상자는 특유의 빛깔과 광택을 잃지 않았다. 반구형 뚜껑에는 자줏빛을 띤 검푸른 항구에 하얀 배수 척이 정박한 풍경이 그려져 있었다.

"가만 있자……."

서랍 안쪽을 살피던 네모토 씨가 무언가 발견한 듯 윗주머니에서 핀셋을 꺼내더니 웬 종이 한 장을 조심스레 끄집어냈다.

"이게 범인이었군. 안에 이 종이가 걸려 있었어요."

네모토 씨가 꼬깃꼬깃한 종이를 건네자 렌게 씨의 얼굴에 잔잔한 미소가 번졌다. 왼쪽 턱에서 침 한 줄기가 빛났다. 스미레 씨가 뭐라고 쓰여 있냐고 물으며 건너다본다.

"야마가타 씨가 써준 쪽지예요. 이 가게의 이름이요. 내가 여기다 넣어뒀을 줄이야. 오랫동안 잊고 지냈네."

얇은 종이 위에 흘려 쓴 글씨가 보였다.

나는 얼굴을 가까이 대고 그 단어를 빤히 들여다보았다. 원래는 검정이나 파랑이었을 잉크 색이 연보라색으로 변하긴 했지만 글자 모양은 고스란히 남아 있었다.

bateau

종이에 적힌 글자는 프랑스어였다. 드디어 바토의 첫 번째 불가사의가 풀렸다.

"렌게 씨, 이 단어 읽으실 수 있나요?"

"으음, 바토라고 읽는 게 아닌가요?"

내가 흥분을 감추며 물으니 렌게 씨는 고개를 갸우뚱 기울였다. 그녀는 뜻도 모르고 읽을 줄도 모르는 단어를 그저 들은 대로 기억한 것이다.

"아니긴요, 맞아요. bateau. 프랑스어로 '배'라는 뜻이죠. 그러니까 바토 커피집은 프랑스어로 '카페 바토'인 거지요."

스미레 씨가 무언가 말하려다 말고 입을 다물었다. 네모토 씨는 가만히 미소를 지었다.

렌게 씨는 이제야 의미를 알겠다며 웃었다. 보석 상자의 표면을 어루만지는 그녀의 떨리는 손끝에서 작은 배 한 척이 레몬색으로 빛나는 앞바다를 향해 출항할 태세를 갖추고 있었다.

세 번째 잔

내 사랑 모이즈······ 모카 마타리의 유혹

- 아오메 우미 -

세 번째 잔

"너도 참, 이런 맛대가리 없는 커피를 잘도

마시는구나."

기가 막힌다는 말투로 이야기하며 탁자 위에 놓인 동전을 뒤

집은 이는 카페 예멘의 신참 웨이터였다. 창백한 이마에 굽이쳐

흘러내린 머리칼은 검은색이었고 유리구슬처럼 깊고 투명한 눈동

자는 초록빛이었다.

카페 예멘. 파리의 무프타 시장 뒷골목에 있는 추레한 카페. 낡

아빠진 나무 간판에 쓰인 글자는 칠이 벗겨져서 그곳이 '카페'임

을 간신히 알아볼 정도이고 내부는 어두침침한 데다 비좁았다. 가게 안에는 다 부서진 주크박스며 먼지가 뽀얗게 쌓인 탁자와 의자 따위가 어수선하게 널려 있었는데 도통 손님이 앉아 있는 꼴을 본 적이 없다. 손님 대신 찌든 담배 냄새만이 자욱한 카페 카운터 테이블 구석에는 시정잡배가 무리지어 있었다. 그들은 마약 거래나 장물 매매를 일삼는 자들이었다.

나는 가게 밖에 팽개치다시피 놓아둔 탁자에 앉아 오가는 사람들을 바라보는 일을 즐겼다. 아무런 목적 없이 파리에 와서 심심풀이로 어학원에 다닌 지도 어느덧 반년이 지났다.

"안녕하세요, 마드무아젤!"

카페 앞을 지나가다 내게 인사를 건넨 사람은 아랍인 무하마드다. 그는 내 단골 생선가게의 주인이다.

"마드무아젤, 오늘 좋은 생선이 들어왔어요. 이따 가게에 들렀다 가요."

사실 나는 마드무아젤이라고 불릴 만큼 어리지 않았다.

마드무아젤, 잘 지내세요? 잘 가요, 마드무아젤. 마드무아젤, 마드무아젤……. 나는 무하마드가 아가씨 대접을 해주는 게 좋아서, 오로지 마드무아젤 소리를 듣기 위해 일부러 시장에 간 적도 있다.

유리구슬 같은 녹색 눈동자가 나를 굽어본다.

"맞아. 세상에 이렇게 맛없는 커피도 또 없을걸. 그런데 이상하지. 여기를 반년도 더 다녔더니 그새 이 맛에 중독됐나 봐."

그는 하얀 셔츠 주머니에서 손으로 만 시가를 꺼내 불을 붙이고 깊이 빨아들였다. 눈을 감으며 숨을 멈춘다. 손등을 덮은 얇은 피부 위로 혈관이 비쳤다.

"너도 한 대 피울래?"

그가 생담배를 내밀었다. 나는 고개를 저었다.

"마음은 고맙지만 사양할게. 담배 연기는 여기에 앉아 있는 것만으로 충분해."

나는 뒤집힌 동전을 주머니에 넣고 일어섰다. 그가 허리에 두르고 있던 앞치마를 풀고 내 뒤를 따라 천천히 걸어 나왔다.

봄은 아직 저 멀리 있건만 석양빛이 드는 그의 방은 땀이 날 정도로 더웠다.

반면 그의 몸은 놀랍도록 차가워서 얼음으로 만든 칼이 나를 꿰뚫는 느낌이었다.

깜짝 놀란 나는 그를 흔들어 빼려고 버둥거렸다.

그는 내 반항에 못 이겨 빼냈다가도 이내 봐주지 않겠다는 듯 다시 찔러넣었다.

귓가에 와 닿는 숨결이 차갑게 젖어 있었다. 온몸의 감각이 순식간에 사라졌다.

그가 살인자처럼 몇 번이고 나를 얼음 칼로 찔러댔다.

눈앞에 있는 유리알 같은 눈동자에서는 빛이 사라져 그 무엇도 비치지 않았다.

내 몸은 공포와 환희로 펄펄 끓어올랐다.

그의 몸에서 새콤달콤한 향이 풍겨왔다.

"당신이야?"

나는 헐떡이며 물었다.

그는 대답하지 않고 계속해서 나를 죽였다.

끈적끈적하게 들러붙는 관능의 향기가 활짝 열린 모공 속으로 배어들었다.

그러는 사이 나는 해체되어 공중에 흩날렸다.

"모카 마타리."

그가 젖은 숨을 토하며 말했다. 날숨이 따뜻했다.

"모카, 마타리…… 모카…… 마타리……."

나는 곧 숨이 넘어갈 것처럼 신음했다.

얼음 칼이 몸 안에서 녹는다.

모조리 타올라서 갈증이 나던 터라 내 몸은 그것을 남김없이 빨아들였다.

새콤달콤한 향기를 내뿜으며 녹아내린 그의 환희가 몸 안 구석구석을 채웠다.

그로 가득 찬 몸이 온기를 담뿍 머금고 침대 속으로 깊이 가라앉았다.

보글보글 물 끓는 소리에 잠에서 깼다.

문이 반쯤 열린 화장실에서 수증기로 뿌예진 불빛과 물소리가 새어나왔다.

진짜 커피를 마시게 해주겠다기에 그를 따라 이 방에 들어왔다. 시간이 대체 얼마나 흘렀을까. 창밖은 이미 해가 저물어 어두웠고 유리창에는 번화가의 네온사인이 희미하게 반사됐다.

다시 어둑어둑한 방으로 눈길을 돌렸다.

마룻바닥에는 땀에 젖어 벗어던진 옷가지와 찌그러진 구두 한

짝이 널브러져 있었다. 제법 튼튼한 구두였는데. 눈길이 닿는 곳마다 담배와 빈 성냥갑이 나뒹굴었다. 싸구려 와인 병은 텅 비었고 펼쳐진 채 바닥에 내팽개쳐진 잡지는 짓밟혀 구겨졌다.

여기저기 벗겨진 장미 무늬 벽지에는 엄청난 양의 그림엽서가 모자이크처럼 붙어 있었는데 몇몇은 뜯겨지고 몇몇은 삐딱하게 기울었다. 그림을 보아하니 엽서는 하나같이 파리와 멀리 떨어진 나라에서 온 것들이었다. 야자나무와 검푸른 하늘, 바다, 꽃에 파묻힌 초원. 화려한 빛깔의 새와 꽃이 인쇄된 철 지난 달력은 아마도 어떤 중국 레스토랑이 신장개업 때 돌린 것이리라. 매직으로 안경을 그려넣은 그리스도 성상 옆구리 쪽 사진에는 가슴이 어마어마하게 풍만한 여성이 알몸으로 미소를 짓고 있었다.

침대에 똑바로 누우니 천장의 얼룩이 눈에 들어왔다. 크게 번진 얼룩은 겹겹이 포개진 꽃잎 같았다. 대롱대롱 매달린 알전구는 몇 년째 불을 켜지 않았는지 풀솜 모자를 쓴 여인처럼 먼지를 잔뜩 뒤집어쓴 상태였다. 바로 보이는 탁자 위에는 담뱃재가 수북한 재떨이와 갈변하여 쭈그러든 사과가, 창가 쪽 삼발이 철제 탁자 위에는 말라 죽어 힘없이 목을 꺾은 히아신스 화분이 놓여 있었다.

제이 제이 케일*의 쉰 듯 거친 목소리가 흐리멍덩하고 탁한 공기를 가르며 울려 퍼졌다.

이 방 분위기와 잘 어울리는 노래였다.

자그만 싸구려 물주전자가 가스난로 위에서 달가닥대더니 하얀 김을 내뿜었다.

화장실에서 나온 그가 불을 끄고 드르륵드르륵 커피 원두를 갈기 시작했다. 물기를 말리지 않은 머리카락에서 물이 뚝뚝 떨어졌다. 물방울은 마치 생물처럼 그의 가슴과 등 위를 기어 다니다 먼지 그득한 잿빛 마룻바닥으로 사라졌다. 물방울이 떨어지는 자리마다 검은 꽃이 피었다.

그는 막 갈아낸 커피 가루를 융 드리퍼에 넣고 그 위에 한 김 뺀 주전자 물을 찬찬히 따랐다. 중심에서 바깥으로 나사를 풀듯 조심스럽게.

그의 손이 멈추자 커피 가루가 숨을 들이마신 양 부풀어 올랐다.

커피 가루가 충분히 부풀기를 기다리며 그는 심드렁한 표정으

* 미국의 가수 겸 작곡가

로 손을 뻗어 말라 죽은 히아신스 화분을 치웠다. 그리곤 삼발이 철제 탁자에 융 드리퍼를 놓고 그 아래에 따뜻하게 데운 잔을 준비했다.

그때까지 커피는 한 방울도 떨어지지 않았다.

그가 담배에 불을 붙이고 깊이 빨아들이다 숨을 멈췄다. 몸속 가득 차오르는 마법의 연기를 느긋하게 맛보는 듯한 표정이었다.

따뜻한 물을 머금고 부풀어 올랐던 커피 가루가 제풀에 푸욱 꺼졌다.

가느다란 그의 목덜미에 푸른 정맥이 비쳤다.

그때였다. 융 드리퍼 아래로 호박색 물방울이 불룩하게 맺히더니 잔 속으로 똑 떨어졌다.

그가 천천히 물주전자를 들어 올렸다. 그리고 의식을 거행하는 듯한 진지한 태도로 융 드리퍼 위에 따뜻한 물을 부었다.

커피 가루는 소생이라도 하는 것처럼 다시 희뿌옇게 부풀었다.

서서히 커피 방울이 맺혔다. 한 방울, 또 한 방울.

중심에서 바깥으로, 바깥에서 중심으로.

그는 약을 올리며 물을 따랐다.

조용하고 집요한 동작이 그의 애무와 닮아 있었다.

촉촉한 혀와 부드러운 손. 내 안에서 굳게 닫혀 있던 부분이 부드럽게 부풀었다 가라앉았다.

또다시 한 방울. 느릿하고 고요하게.

융 아래 맺힌 호박색 물방울이 비명을 지르며 떨어졌다.

그는 계속 약을 올렸다.

물을 따르는 속도가 조금 빨라졌다.

나는 애원했다.

속도가 더 빨라지지는 않았다.

새콤달콤한 모카 마타리의 향이 방 안 가득 퍼졌다.

내 몸속을 채우던 향기.

또 한 방울 떨어지는 호박색 이슬. 똑, 똑똑. 그의 혀끝에서 떨어진 한 방울.

공연히 목이 타 기억 속의 그것을 들이켰다.

드디어 의식이 끝났다. 호박색 이슬이 잔에 가득 찼다.

그는 커피를 입안에 머금고 침대로 다가왔다.

시트를 걷어내고 고둥처럼 둘둘 말린 내 머리채를 거칠게 잡아채었다.

나는 반듯이 누웠다. 그의 머리카락에서 차가운 물방울이 흘러내려 내 얼굴에 떨어졌다.

그가 머금고 있던 커피가 입술을 타고 흘러들어와 꿀꺽 소리를 내며 받아마셨다.

모카 마타리. '모이즈'라 불리는 남자의 향기였다.

"파리에는 왜 왔어?"

"당신에게 죽으려고."

그는 깊은 녹색 눈동자로 나를 바라보며 이렇게 말했다.

"아냐, 내가 당신에게 죽으려고 왔어."

그가 언제 자취를 감추었는지는 정확하게 기억나지 않는다.

농후한 모카 마타리 향이 퍽 오래 곁에 머물러서 그가 사라졌다는 사실을 얼른 알아차리지 못했다. 그는 홀연히 사라지지 않고 서서히 사라져갔다. 날마다 내게서 시나브로 사라져가다 마침내 소멸했다. 그런 기분이 들었다.

모이즈는 그렇게 사라졌다.

내게는 그를 찾을 단서가 하나도 없었다. 우리는 함께 카페를 가거나 레스토랑에 가거나 산책을 하지 않았다. 대화를 나눈 기억도 없다. 그는 나에 대해 아무것도 몰랐으며 나 또한 그에 대해 아무것도 몰랐다.

겨울 창가에 히아신스 화분을 놓고 벽에는 남쪽 나라의 그림엽서를 다닥다닥 붙여놓았다. 내 방은 그의 방과 똑같았다.

샤워를 하고 알몸으로 커피를 내렸다.

먼지가 뽀얗게 쌓인 마루에 물방울이 떨어지며 검고 조그만 꽃을 피웠다.

융 드리퍼 위에 가로로 누운 커피 가루를 약 올리듯 천천히 물을 따랐다.

한 방울, 다시 또 한 방울.

중심에서 바깥으로, 바깥에서 중심으로. 느릿하고 차분하게.

커피 가루는 헐떡이며 부풀다 가라앉고 또다시 부풀어 오른다.

방 안에 그의 체취가 가득 찼다.

나는 잔에 떨어진 호박색 물방울들을 입에 미금고 침내에 비스듬히 누웠다.

입에 머금은 물방울을 음미하며 목으로 넘겼다.

그가 내 안으로 녹아들어 온다.

언제부터인가 나는 거리를 방황하며 걷곤 했다.

모이즈를 찾는 것은 아니었다. 다만 거리에 나가면 그가 내 뒤를 따라오는 느낌이 들었다.

그가 나를 찾는다. 혼잡한 인파 속에서 나를 놓친 내 안의 그가 있는 힘을 다해 나를 쫓는다.

나는 약 올리듯 잰걸음으로 사람들 사이를 빠져나가다 불시에 뒤를 돌아보았다.

거기 서 있는 이는 그가 아니었다.

한 노인이 당황하여 발걸음을 멈추고 나를 멍하니 바라보았다.

언제부터인가 노인은 그림자 속에 숨어서 어디든 나를 따라다녔다.

그에 대한 비보를 전해들은 건 카페 예멘에 앉아 흙탕물 같은 커피를 마실 때였다.

어떤 나이 든 여자가 내게 다가와 모이즈를 찾느냐고 물었다. 나는 벌떡 일어나 그녀를 말끄러미 응시했다.

창백하고 부은 얼굴에는 검버섯이 숱하게 피었고 모근에 힘이 없는 탓인지 분홍빛 살이 드러난 부위가 투명해 보였다. 땀에 젖은 블라우스 안에서 처진 젖가슴이 출렁였다. 천이 닳아서 해지고 보풀이 인 회색 치마 아래로 때가 낀 발이 보였다. 발등 위로 혈관이 비쳤다.

여자도 나를 뜯어보고는 대답을 재촉하듯 턱을 추켜올렸다.

내가 고개를 끄덕이자 그녀는 판사처럼 말했다.

"그는 죽었어."

심장이 멎는 줄 알았다. 가슴이 거세게 두방망이질을 쳤다.

"어…… 언제요?"

잠긴 목소리로 겨우 되물었으나 여자는 대답하지 않았다.

"모이즈는 왜 찾지?"

"그러는 당신은요? 모이즈가 어쩌다 죽은 거죠? 언제 그랬어요?"

"모이즈를 왜 찾느냐고 묻잖아."

"당신 누구세요? 누구신데 내게 그런 걸 묻죠?"

"그러는 너는 누군데?"

"아, 혹시 모이즈의 어머니이신가요?"

여자는 나를 멀뚱멀뚱 쳐다보다 느닷없이 웃음을 터뜨렸다. 그리곤 속을 게워내듯 말했다.

"나는 그의 아내야. 모이즈는 내 남편이고!"

바짝 긴장했던 마음이 스르르 풀어졌다. 동명이인이다.

"안됐군요. 남편 분은 언제 돌아가셨나요?"

유감을 표하며 물었다.

"글쎄."

잠시 머뭇거리던 여자가 먼 곳을 보았다.

"언제였더라…… 어쨌든 죽었어."

나의 모이즈는 죽지 않았어.

"넌 왜 남의 남편을 찾지?"

"부인, 잘못 아셨어요. 제가 찾는 사람은 다른 사람입니다."

여자의 눈이 치켜 올라갔다.

"시치미 떼지 마! 그는 살해당했다고!"

미친 여자다. 내가 뒤로 물러나자 여자는 내가 물러난 만큼 바싹 다가왔다.

"혹시 네가 죽인 거 아냐?"

자리를 피하려는데 여자가 내 팔을 붙들었다.

"너였구나! 모이즈를 죽인 사람이!"

여자는 내 두 어깨를 붙잡고 격렬하게 흔들었다.

그때 골목에서 다른 여자가 뛰어들어왔다.

"엄마!"

"네가 죽였어. 네년이 모이즈를 죽였다고!"

늙은 여자는 말을 타듯 내 위에 올라타 목을 세게 졸랐다.

"엄마, 그만해!"

딸은 내 목을 조르던 제 어미의 손을 힘껏 떼어냈다.

어미는 엉덩방아를 찧으며 의자에 털썩 주저앉아 탁자에 있던 물을 꿀꺽꿀꺽 마셨다. 흥분이 조금 잦아들었는지 더는 입을 열지 않았다.

흐린 눈동자에 번지는 눈물과 이마에서 흘러내린 땀이 뒤섞여 얼굴이 얼룩덜룩했다.

딸이 가만가만 어미의 등을 쓸어내렸다. 땀에 젖은 어미의 옷 옷 가슴께에서 단추가 떨어졌다.

그 순간 어미에게서 익숙한 향기가 훅 끼쳤다.

나는 그대로 얼어붙었다.

모카 마타리 향이었다.

정신을 차려보니 지저분한 거리를 도망치듯 걸어가고 있었다.

불쾌한 떨림과 불안이 숨통을 조였다.

"마담!"

웬 여자 목소리가 나를 불렀다. 돌아보니 방금 제 어미를 뜯어

말려 준 딸이었다. 그녀가 숨을 고르며 내게 다가왔다.

"죄송합니다. 제가 대신 사과드릴게요. 실은 요즘 엄마가 좀

이상하세요. 갑자기 아빠 생각이 나시는지 무작정 찾아다니곤 하

시거든요. 그러다 아까 같은 일이 벌어진 거예요."

"당신 아버지 모이즈는 죽었다고 하던데?"

"아니에요. 저희 아빠는 사십 년 전에 사라지셨대요. 제가 태

어난 직후에 말예요. 얼마 전까지만 해도 엄마는 제가 아빠에 관

해 물으면 아빠가 죽었다고만 하셨는데……."

그녀가 고개를 숙였다. 검고 부드러운 머리카락이 하얀 이마

위로 흘러내렸다.

"내가 찾는 모이즈와 당신 아버지는 다른 사람이야."

내 목소리가 떨렸다. 왜.

"알아요. 다만 아까도 말씀드렸다시피 요즘 들어 엄마가 계속 이상했어요. 엄마 말로는 아빠가 동양인과 함께 있는 모습을 봤다는 사람이 있대요. 이것도 상당히 오래 전 이야기이긴 하지만요. 아 참, 그런데요, 마담."

그녀가 다시 고개를 들었다. 깊은 녹색 눈동자가 나를 바라보았다.

내 몸이 약간 휘청거렸다.

"이걸 두고 가셨어요."

지팡이. 그녀는 자기가 들고 온 지팡이를 내 손에 부드럽게 쥐여주고 발길을 돌렸다.

"이봐요, 이건 내 물건이 아니에요. 나는 지팡이 같은 거……."

나는 목소리를 높였지만 그녀의 모습은 이미 골목에서 사라지고 없었다.

오후. 나는 오늘도 카페 예멘에 앉아 오가는 사람들을 바라본다.

그 시절과 달라진 구석이 하나도 없다.

다 부서진 주크박스며 먼지투성이 탁자와 의자도 그때 그대로였다.

'너도 참, 이런 맛대가리 없는 커피를 잘도 마시는구나.'

금방이라도 모이즈가 빈정거리며 나타날 것만 같았다.

그날과 별반 다르지 않은 하루가 지났다.

그러나 모이즈는 없었다.

"안녕하세요, 마담. 오늘 좋은 생선이 들어왔어요."

생선가게 주인 무하마드가 웬일로 나를 '마담'이라고 불렀다.

"마담? 오늘부터 그렇게 부르기로 한 거야?"

내가 웃으며 농을 치자 그는 눈이 휘둥그레져서 나를 쳐다봤다.

"당신, 생선가게 무하마드 맞죠?"

당연한 얘기를 확인차 물어보았을 뿐인데 그가 고개를 내저었다.

"마담, 저는 무하마드가 아닙니다. 핫산이에요."

이해가 가지 않았다. 그가 도대체 지금 무슨 말을 하는 거지?

"그러니까 당신은 생선가게의……."

"그래요, 생선가게 주인이죠. 하지만 마담, 저는 핫산입니다. 무하마드는 제 아버지고요."

"무하마드가 아버지라고?"

"예. 아버지는 삼 년 전에 돌아가셨어요. 부인도 장례식에 와주셨잖아요. 자, 이제 댁으로 들어가셔야죠. 공기가 찹니다."

그는 나를 일으키더니 내 옆에 있던 지팡이를 손에 쥐여주었다.

"어서요. 저기 남편분께서도 데리러 나오셨어요. 생선은 다음에 가져다 드리겠습니다. 살펴가세요, 마담."

그가 가리킨 곳에 언제나 나를 따라다니던 노인이 있었다. 그 노인은 골목 입구에 우두커니 서서 나를 바라보았다. 나는 찬찬히 몸을 돌려 카페 예멘의 때 묻은 창문을 들여다보았다.

웬 나이 든 여인이 그곳에 서 있었다.

네 번째 잔

비 오는 날에는 킬리만자로를

- 유즈키 케이 -

네 번째 잔

아침 여덟 시. 일을 시작하기에 앞서 컴퓨터
를 켜고 메일함을 확인했다. 그도 오늘의 커피는 '만델링'이라고
한다.

마키는 안심하고 주전자에 물을 끓여 만델링을 내렸다. 한창
작업을 하다가 한숨 돌리는 참이었다. 찬장 위에는 커피 원두가
든 유리병이 늘어서 있다. 언제 이렇게 많아졌을까. 아키라와 커
피에 관한 메일을 주고받은 지도 곧 석 달이다.

블로그에 아키라가 단 댓글을 계기로 두 사람은 메일을 주고

받는 사이가 되었다. 재택근무를 하는 마키는 업무 시간과 사생활을 구분하고자 커피 마시는 시간을 따로 정해두었다. 컴퓨터도 아침저녁으로 두 번만 쓰는데 화면에 장시간 눈길을 빼앗기지 않기 위해서였다.

삼 개월 전 아침이었다. 컴퓨터를 켰더니 블로그 게시물에 댓글이 달렸다는 알림 메시지가 와 있었다. 서둘러 블로그에 접속하자 과연 댓글이 달려 있었다.

마키는 일주일에 세 번 블로그에 일기를 쓴다. 내용은 아주 단순하다. 그날 마신 커피 이야기나 어떤 음악을 들었는지에 대해 '마사'라는 닉네임을 빌어 기록을 남기는 식이었다. 마키의 일상은 대개 이렇다 할 일 없이 잠잠하게 흘러간다. 언젠가는 일주일 동안 아무도 만나지 않고 두문불출한 적도 있었다. 이것이 마키가 블로그에 글을 쓰기 시작한 까닭이다. 날마다 똑같이 굴러가는 하루하루에 변화를 주고 싶었던 것이다.

블로그를 할 때는 본명이나 사는 곳을 밝힐 필요가 없다. 그런 까닭에 상대의 성별과 나이를 파악하기 어렵지만 글을 읽어보면 그가 어떤 사람인지 대강 감이 잡힐 때도 있다.

그날 달린 댓글은 다음과 같다.

 - 마사 씨, 안녕하세요. 블로그 잘 보고 있습니다. 마사 씨가 듣
 는 음악들이 늘 제 취향에 딱 맞아요. 더구나 커피까지 좋아하
 신다니 반가운 마음에 댓글을 답니다. 저도 오늘은 콜롬비아를
 마셨습니다. (아키라)

 마키의 블로그는 그녀의 일상과 비슷했다. 단조로웠고 댓글도
거의 달리지 않았다. 그런 와중에 이런 댓글을 보니 무척 반가웠
다. 마키는 기쁨을 주체하지 못하고 곧장 답을 달았다.

 - 아키라 씨, 안녕하세요. 댓글 고마워요. 제 글을 읽어주시다니
 정말 기쁩니다.

 무뚝뚝하기 짝이 없는 문장이었지만 마키에게는 이렇게 답을
보내는 일이 특별한 모험이나 다름없었다.
 소소한 메시지가 마키이 삶에 지극을 주있나. 한 달쯤 메시지
를 주고받았을까. 마키는 댓글이 일종의 자극제 역할을 한다는 사

실을 깨달았다. 블로그에 글을 게시하는 일이 즐거웠다.

아침부터 비가 내리는 통에 도료가 천천히 마른다.

평소보다 완성하는 데 시간이 걸려서 오늘은 작업량을 다 채우지 못

했다.

그래도 스스로 정한 업무 시간을 지키고 싶어 그만 일을 마쳤다.

잔은 다 마르고 나면 미미하게 색감이 달라진다.

일반인이 보면 분간하지 못할 정도겠지만.

오늘 들은 음악은 조니 미첼의 《블루》다.

커피는 킬리만자로. 내가 가장 좋아하는 커피다.

- 마사 씨, 오늘은 조니 미첼을 들으셨군요. 어쿠스틱한 음색과

호소력 짙은 목소리가 참 좋지요. 그리고 킬리만자로! 저도 킬리

만자로를 엄청 좋아해서 글을 보고 깜짝 놀랐어요. 비가 내리는

날에는 왠지 꼭 킬리만자로를 마시고 싶어진다니까요. (아키라)

마키가 초벌구이를 마친 새하얀 커피 잔에 그림을 그리기 시

작한 지도 어언 오 년. 초벌구이 잔은 알고 지내는 도자기 판매상

이 가져다준다. 그리는 작업 자체는 단순하지만 둥근 잔에 맞춰 그리는 일이 녹록치만은 않다.

사장인 노베는 선이 중심인 일본화 기법으로 그림을 그리되 사실적으로 그리라고 주문했다. 말이야 쉽지만 밑그림 없이 사실적인 그림을 그리는 일에 익숙해지기까지 상당한 시간이 걸렸다. 물론 이것도 다 지난 일이다. 작업에 익숙해진 뒤로는 마키 자신도 놀랄 만큼 똑같은 그림을 몇 잔이고 뚝딱 그려냈다.

노베는 하얀 초벌구이 잔을 넉넉히 대주었다. 잘못 그렸을 때를 대비한 배려인데 실패작을 거의 내지 않다 보니 잔들이 남곤했다. 잔이 남으면 마키는 그리고 싶은 그림을 그렸다.

하루는 우주공간을 그렸다. 신비3로운 색조가 마음에 쏙 들어서 마키는 남는 잔에 우주를 그리는 데 취미를 붙였다. 어느 날 우연히 마키의 은밀한 취미생활을 알게 된 노베가 말했다.

"와, 이거 좋은데. 아주 근사해. 이걸 좀 더 그려줘. 품삯은 배로 줄 테니까."

우주를 그리는 날은 일주일에 단 하루였고 평소에는 주로 꽃그림을 그렸다. 마키는 우주 그림을 그리는 날을 고대했다. 우주그림이란 한마디로 천체 그림이다. 마키는 우주를 그릴 때마다 배경 색을 미묘하게 바꾸어 어떤 잔에는 보라색을 칠하고 다른 잔에는 남색을 칠했다. 우주를 그려넣은 커피 잔은 신비한 색조를 띠었다. 마치 그곳에 작은 우주가 존재하는 것처럼.

노베는 그 잔에 '우주의 신비'라는 거창한 이름을 붙여 진열했다. 마키의 잔은 은은한 조명을 받아 아름답게 반짝였다.

"마키, 오늘 특별한 손님이 왔어. 그 사람이 글쎄, 자기 찻집에서 이 잔을 쓰고 싶대! 그러니까 우선 오십 개 정도 그려줄래? 자기는 독창적인 게 좋다면서 가능하면 특별한 색과 구도를 써서 다른 잔들과 차별성을 두고 그려 달라더라."

"특별한 색이요?"

"어. 다른 사람들에게는 똑같은 색을 쓴 잔을 팔지 않았으면 좋겠대."

마키는 고민 끝에 진한 녹색 바탕을 깔고 달과 별을 그렸다. 달은 노란색 대신 연분홍색을 쓰고 별은 화려한 터키블루색을 사용했는데 뜻밖에 훌륭한 완성품이 탄생했다.

완성된 잔을 맨 먼저 노베에게 보여주었다.

"와우, 멋진데! 자네의 색깔 감각은 역시 독특해."

좋았어, 이 색감으로 가보자. 오래 걸릴 줄 알았던 작업이 의외로 금방 끝날 듯해서 마키는 신이 났다.

칭찬은 고래도 춤추게 한다지.

아침부터 의욕이 넘쳐흘러서 평소보다 두 개 더 완성했다.

오늘처럼 컨디션이 좋은 날은 흔치 않다.

오늘의 음악은 드뷔시의 〈달빛〉이다.

커피는 만델링. 마음에 여유가 생겨서 오랜만에 융 드립으로 신중히

내려 마셨다.

– 마사 씨, 안녕하세요. 칭찬을 받은 당신의 작품이 궁금하군요.

사진 찍어서 보여주세요. (아키라)

– 아키라 씨, 안녕하세요. 미안해요. 그 작품은 극비에 부치고

있답니다. 아직 납품하기 전이어서요. 언젠가 아키라 씨가 제

작품을 보시게 되는 날이 오면 좋겠습니다.

댓글에 들뜬 마키는 아키리에게 사진을 보내려다가 바로 생각

을 접었다. 따져보면 '아키라'라는 이름은 닉네임이다. 아키라가

실제로 어떤 사람인지 알 수 없으니 그가 라이벌이 아니라는 보장도 없었다.

이튿날은 토요일이었다. 한 달에 한 번뿐인 특별한 휴가. 평소 검소하게 사는 마키가 열심히 일한 스스로에게 주는 선물이다.

그렇다고 달리 갈 곳이 있는 것은 아니다. 마키는 오랫동안 친구를 만나지 않았다. 예전에 친한 친구와 사이가 틀어지는 슬픈 경험을 했는데 그 이후로 누구도 믿지 못하게 되었다. 오 년 전에 마키는 사는 곳과 전화번호, 메일주소를 모조리 바꾸고 재택근무자로 전향하였다. 바뀐 연락처는 사장인 노베를 제외하고 아무에게도 알려주지 않았다. 노베에게도 자신의 인적사항을 다른 사람들에게 알려주지 말아 달라고 부탁했다.

"알았어. 일만 제대로 해주면 괜찮아."

노베의 지체없는 대답에 마키는 마음을 놓았다.

여름의 문턱에 접어든 거리를 걸었다. 장마가 지기 전이라 어디를 가도 찜통더위가 기승을 부렸다. 시원스러운 민소매 복장을 한 아가씨들이 눈에 띄었다.

전부터 갖고 싶던 물건이 있어서 인테리어 숍을 몇 군데 들렀다.

나는 유리 선반을 찾는 중이다. 완성한 작품을 그 선반에 나란히 진열해두고 싶다.

내가 원하는 물건은 좀처럼 눈에 띄지 않았다.

어쩌면 일반 가구점과 인테리어 숍에서는 취급하지 않는지도 모르겠다.

실컷 발품을 팔았는데도 발견하지 못했다.

결국 원래 사려던 CD와 책 세 권만 사서 돌아왔다.

오늘의 음악은 방금 사온 노라 존스의 《Come Away with Me》.

전부터 사려고 별러온 앨범이다.

따뜻하게 감싸 안는 듯한 노라 존스의 목소리를 들으니 피곤이 싹 가신다.

커피는 오늘의 맑은 하늘에서 말미암은 하와이 코나.

블로그에 썼듯이 마키는 오랜만에 거리를 헤맸으나 원하던 물건은 찾지 못했다. 대체 어디를 가야 멋진 유리 선반을 찾을 수 있을까. 노라 존스의 노래를 들으며 CD와 함께 사온 신비로운 사진집을 넘겼다. 사진집의 제목은 《언덕이 있는 미을》. 사진마다 언덕 위로 하늘이 빛났고 나무와 새가 찍혀 있었다.

- 마사 씨, 안녕하세요. 어떤 책을 사셨나요? 궁금합니다!

아, 제가 유리 선반 정보를 알려드릴게요.

K마을 뒷골목에 가면 장식장만 파는 도매상이 있습니다.

지금 그 도매상 전시실에서는 유리공예전이 열리고 있고요.

마사 씨가 찾는 유리 선반도 아마 거기 있을 겁니다. (아키라)

마키는 흠칫 놀랐다. 아키라가 자신의 취향을 파악하고 이야기한 것인지 의문스러웠다. 한편으로는 아무려면 어떤가 싶기도 했다. 속는 셈 치고 내일 한번 가보기로 결심했다.

마키가 이틀 연속으로 외출하는 일은 손에 꼽을 만큼 드물다. 이번에 마키는 마음을 단단히 먹고 외출을 감행했다. 그만큼 유리 선반이 절실했다. 게다가 전시회는 이번 일요일이 마지막 날이어서 간다면 오늘밖에 시간이 없었다.

마키는 이른 점심을 차려 먹고 지도를 챙겨 집을 나섰다. 바람이 불어서 전날보다 시원했다. 걸을 때도 기분이 좋았다.

일요일이라 그런지 문 닫은 가게도 많고 사람의 왕래도 적었다. 마키는 아키라가 말한 가게를 한눈에 알아보았다. '나카무라 아키요시 유리공예전'이라는 간판 앞에 유리제품이 늘어서 있고 그 뒤로는 갤러리가 있었다. 예상과 달리 유리 오브제를 중심으로 유리컵 같은 작은 작품이 많았다. 마키는 유리컵에도 그림을 그려 보고 싶다고 생각하며 갤러리 안으로 들어갔다.

벽을 따라 커다란 작품들이 전시되어 있었다. 유리 탁자, 의자, 화분 받침, 보조 탁자는 물론 크고 작은 장식장이 즐비했다.

"앗! 이거다!"

마키는 엉겁결에 크게 외쳤다. 어제는 발바닥에 불이 나도록 돌아다녀도 없던 유리 선반이 눈앞에 떡하니 나타난 것이다. 마키는 한동안 그 자리에 우뚝 서 있었다. 얼마나 할까? 공예작가의 작품이 그리 간단히 손에 들어올 리 없다.

마키는 결심을 굳히고 안내데스크에 있는 여성에게 말을 걸었다.

"실례합니다. 안쪽에 있는 유리 선반에 대해 문의하고 싶은데요."

"저 선반 말씀이시죠? 저건 작가 선생님께 여쭤봐야 해요. 아, 마침 오셨네요. 잠깐만요."

작가라는 사람이 마키에게 다가왔다.

"나카무라 선생님, 이분께서 유리 선반에 대해 여쭙고 싶다고 하십니다."

남자는 30대 후반 정도로 생각보다 젊었다.

"안녕하세요. 전시회를 찾아주셔서 감사합니다. 말씀하세요."

"저 선반을 갖고 싶은데 얼마나 하나요? 저 같은 사람은 엄두
도 못 낼 가격이겠죠?"

"그렇지는 않습니다. 무엇을 장식하시려고요?"

"커피 잔이요. 저는 도자기 잔에다 그림 그리는 일을 하거든
요."

"오호, 잔에 그림을요? 이러면 어떨까요? 선반과 교환하는 조
건으로 제 유리잔에도 그림을 그려주시는 겁니다. 그렇게만 해주
신다면 재료비와 품삯만 받고 팔겠습니다."

"네? 정말요? 아, 그런데 저는 아직 유리에 그림을 그려본 적
이 없어요."

"잠시만 이쪽으로 와보시겠습니까?"

나카무라는 마키를 데리고 창가로 갔다. 그곳에는 크고 작은
커피 잔들이 줄을 지어 진열되어 있었다. 조금 두꺼운 유리로 만
든 투명한 잔들. 마키가 손에 들어보니 제법 묵직했다.

"와아, 이 잔들에다 그림을 그린다고 생각하니 두근거려요. 어

려워 보이기도 하고요. 과연 제가 그릴 수 있을지……. 무언가 원하시는 그림이 있으세요?"

"그 부분은 당신에게 일임하겠습니다."

"그럼 제가 우선 자유롭게 그려볼게요. 완성된 잔을 보고 마음에 드시면 저 선반을 말씀하신 가격에 팔아주세요."

"좋은 생각입니다. 서로 기대할 수 있으니 좋군요. 주소와 이름을 적어주시면 제가 그리로 잔을 보내겠습니다."

마키는 유리공예전에 온 김에 큼지막하고 깊은 유리 화분을 샀다. 그길로 집 근처 꽃집에 들러 수경재배가 가능한 관엽식물인 필로덴드론을 사서 화분에 옮겨 심었다. 화분 사진을 찍어 아키라에게 메일로 보냈다.

- 아키라 씨, 안녕하세요. 덕분에 오늘 유리공예전에 가서 제가 바라던 선반을 찾았어요! 무척 기쁩니다. 사진 속의 유리 화분도 거기서 샀습니다. 알려주셔서 감사합니다.

- 마사 씨, 안녕하세요. 다행입니다. 유리 화분을 참 근사하게 쓰시는군요. 오늘은 부탁이 한 가지 있어요. 필로덴드론을 그린

커피 잔 하나를 제게 팔지 않으시겠습니까? 대금은 유리공예전
을 열었던 가게에 맡겨놓을게요. (아키라)

- 아키라 씨, 저를 도와주셨는데 커피 잔은 그냥 드리겠습니다.
멋지게 완성해서 다음 주 일요일에 그곳에 맡겨둘게요.

유리가 좋다. 이 투명함과 희미한 조명에 비친 색조를 말로는 다 표
현할 수가 없다.

유리는 그 자체로 빛나는 듯 보이지만 사실은 다른 것의 영향을 받
아 빛을 내는 것 같다. 식물과 양초는 유리를 빛나게 한다. 빛에 의
해 더욱 빛나는 유리.

오늘의 음악은 조아웅 질베르토의 〈전설〉.

커피는 브라질.

- 마사 씨, 안녕하세요. 유리를 무척이나 사랑하시는군요. 유리
는 날카로운 날붙이로 변하여 사람에게 상처를 주기도 하지만
빛을 투과시키면 실내를 아름답고 따뜻한 분위기로 만들어주지
요. (아키라)

사흘 뒤 마키에게 골판지 상자가 도착했다. 상자 안에는 크기와 모양이 제각각인 유리잔 열 개가 들어 있었다. 잔마다 다른 그림을 그려달라는 뜻인 듯싶었다.

무얼 그리면 좋을까. 마키는 잔을 죽 늘어놓고 바라보면서 고민에 빠졌다. 어찌 해야 좋을지 난감했다. 다시 생각해보니 자신이 엄청난 제안을 받아들인 것이다.

다행히 나카무라는 언제까지 하라는 언질은 주지 않았다. 마키는 일단 시간을 가지고 생각해보기로 했다.

마키는 우선 노베가 의뢰한 특별주문 커피 잔 제작에 들어갔다. 한 개씩 순서대로 그려갔다.

첫 테마는 달. 달이 차고 기우는 순서에 맞춰 달의 색깔과 형태를 조금씩 바꿔가며 그렸다. 초승달, 반달, 보름달. 초승달을 그린 작품에는 별을 많이 그리고 달이 커질수록 별을 적게 그렸다.

지금까지 완성된 잔들을 모두 창가 선반에 줄지어 놓고 바라보자니 계절이 바뀌는 기분이 들었다. 스무 개의 커피 잔은 제작자인 마키조차 넋을 잃을 정도로 매력적이었다. 때마침 노베가 얼굴을 비췄다.

"이야, 굉장한데! 이번엔 이런 식으로 그렸군. 달의 형태를 바꾸다니 좋은 아이디어야! 이왕이면 나머지도 같은 그림이 나오지 않게 해줘. 뭐, 이대로 가면 걱정할 일 없겠지만."

보름 가까이 걸려서 특별주문 잔 오십 개를 다 그렸다. 노베는 잔들을 소중히 안고 갔다가 이튿날 저녁에 다시 마키를 찾아왔다.

"마키, 고마워. 손님이 엄청 기뻐하셨어. 당장 대가를 치르겠다며 대금도 바로 주시더라. 자네에게도 바로 전해주라고 어찌나 신신당부를 하시던지 손가락까지 걸고 약속했다니까. 자, 여기 약속한 돈이야. 그리고 이건 감사의 뜻이래."

노베가 마키에게 봉투를 건넸다. 미처 예상치 못한 일이라서 마키는 더욱 반가웠다.

"가게 이름은 '카시오페이아'라고 지을 거라더군. 자네 그림을 보고 떠올렸나 봐. 이건 개업하는 날 나눠줄 그림엽서. 개업하는 날 자네가 꼭 와주었으면 하시더라고."

보수를 바로 받았으니 이삼 일쯤은 쉬고 싶었지만 마키는 그러지 못했다. 유리잔에 그림을 그려준다고 약속한 지 벌써 2주가 지났다. 아무리 급한 일이 있었다고 해도 나카무라를 너무 오래 기다리게 했다.

마키는 우주 그림을 그리면서 유리잔에는 새가 있는 풍경을 그리기로 결정했다. 이를테면 나무와 새, 단순한 나무가 아니라 하늘에 붕 뜬 나무, 가지에 새가 앉은 나무를 상상했다. 나뭇가지와 새는 저마다 형태와 색을 바꾸어 그릴 예정이었다. 시험 삼아 하나를 그려보았다. 하늘의 빛깔도 아침부터 밤까지 태양을 따라 움직이듯 잔을 돌려가며 그렸다. 새 또한 예정대로 표정을 이리저리 바꾸어 당장이라도 날아갈 듯한 모습으로 그려냈다.

이번에는 유리잔에 그림을 그리는 작업이다.

유리는 신비로운 소재다. 도자기보다 그림을 그리기 더 힘들겠지.

대충 하는 게 통하지 않는 작업이다. 망치지 않으려면 집중해야 한다.

며칠은 이 일에 몰두해야겠다.

집중할 때는 주로 모차르트를 듣는다.

모차르트의 영혼이 내 그림에 힘을 실어주는 느낌이 드니까.

커피는 전에 내려둔 과테말라가 남아 있어서 그것을 마실 참이다.

은은한 단맛이 마음의 긴장을 풀어준다.

글을 쓰면서 마키는 불현듯 이런 생각이 들었다. 만약 누군가

자신의 블로그를 본다면 나이가 지긋한 사람이 운영한다고 여길 지도 모르겠다고. 아키라도 영락없이 그런 줄 알겠지. 마키가 듣는 음악은 요즘 유행하는 앨범도 아니고 내용도 가볍기 그지없다. 마키의 음악 세계는 돌아가신 어머니의 영향을 많이 받았다. 마키가 어릴 때 어머니는 하루 종일 집 안에 음악을 틀어두었다. 마키는 학교에서 돌아와 현관문을 열면서 그날 흐르는 음악을 듣고 어머니의 기분을 짐작하곤 했다. 어머니는 신경질적이고 기분이 쉽게 바뀌는 성격이었다. 그래서였을까. 어머니는 그날그날 기분에 따라 다양한 장르의 음악을 바꿔가며 들었다.

마키의 어머니는 젊은 나이에 세상을 떠났고 마키에게 어마어마한 양의 레코드와 CD를 남겼다. 그걸 날마다 들었더니 마키도 어머니가 어떤 마음으로 음악을 들었는지 차츰 이해가 갔다. 그러는 사이 마키에게도 어머니처럼 그날 기분에 따라 음악을 바꾸어 듣는 습관이 생겼다.

마키는 유리잔에 그림을 그리는 작업에 착수했다. 막상 그리기 시작하니 처음 예상보다 더 멋진 그림이 그려졌다. 새가 노니는 풍경은 해변과 계곡 풍경으로 둔갑했다. 마키는 해변의 갈매기와 작은 배를 그리고, 계곡 물보라 속에서 날갯짓하는 물총새도 그렸다. 작업을 진행할수록 우주 그림과는 또 다른 풍경이 나타나 그리는 내내 즐거웠다.

어쩜 이렇게 즐거울까. 평소에도 그림을 그리지만 일할 때는 하나의 그림만 반복해 그리기 때문에 작업이 단순한 노동처럼 느껴지곤 했다. 하지만 마키는 그런 작업도 무의미하지만은 않다고 여겼다. 그림을 그리는 요령을 터득하기에는 반복 작업이 안성맞춤이었다.

완성한 유리잔을 나카무라의 공방에 보냈다. 나카무라가 기쁨이 담뿍 묻어나는 목소리로 전화를 걸어왔다.

"멋진 작품 고마워요. 바로 제가 원하던 작품입니다. 보면 볼수록 흐뭇하군요."

"다행이에요. 솔직히 마음에 안 드실까 봐 얼마나 걱정했는지 몰라요. 그렇게 말씀해주시니 한시름 놨습니다."

"이제 약속한 대로 유리 선반을 드려야겠습니다. 시간 나실 때 공방에 한번 들러주시겠습니까?"

"기꺼이 갈게요. 이번 주 일요일도 괜찮으세요?"

작품을 완성했다.

유리에 그림을 그리는 작은 모험을 무사히 마쳐 안심이다.

다행히 N씨 마음에도 쏙 든 것 같고.

비 갠 거리를 잠시 걸었다. 라디오 뉴스에서 장마 전선이 물러간다는 소식을 들었다.

나는 여름이 싫지 않다. 추운 겨울보다 훨씬 좋다.

흥에 겨워 보라색 장미꽃을 샀다.

오늘의 음악은 영화음악 선집. 〈모정〉, 〈에덴의 동쪽〉 등 좋아하는 곡들이 담겨 있다.

이런 날에는 역시 내가 가장 좋아하는 킬리만자로를 마셔야겠지.

마키는 일요일에 나카무라의 공방을 찾았다. 팩스로 받은 지도를 보며 골목을 돌았다. 양산을 가져오길 잘했다 싶었다. 장마가 끝나고 나니 아침부터 햇볕이 이글이글 내리쬐었다. 날이 워낙 더우니 골목에도 인적이 뜸했다. 나카무라 공방은 좀처럼 찾기가 어려웠다. 몇 번이나 골목을 돌아도 다시 원점으로 되돌아왔다. 마키는 쓸쓸하게 웃으며 나카무라에게 전화를 걸었다.

"하하, 헤매실 줄 알았어요. 저는 처음 제 공방을 찾아오는 사람들이 모두 길을 헤맨다는 점에 자부심을 느낍니다."

"약속 시간을 넘겨서 죄송해요. 지금 같은 자리를 계속 뱅글뱅글 돌고 있어요."

"깊숙이 들어오면 더 복잡한 곳이니까 거기 그대로 계세요. 바로 마중하러 나가겠습니다."

마키는 그 자리에서 얌전히 기다렸다. 오 분가량 지났을까. 거친 면으로 된 폴로셔츠를 입은 나카무라가 나타났다.

"마키 씨, 이쪽입니다."

안내받은 곳은 조금 전에 마키가 지나쳤던 골목이었다. 미심쩍었지만 고분고분하게 따라 들어갔다. 나카무라는 외딴 양옥집 앞에서 걸음을 멈췄다. 무척 오래된 건물이었다.

"여기예요. 아까는 그냥 지나치셨죠? 자, 보세요."

문 옆에 작은 글씨로 '아틀리에 아키요시'라고 쓰여 있었다. 마키는 공방이라기에 진열장 정도는 밖에 나와 있을 줄 알았다. 간판이 이렇게 생겼으니 못 찾는 게 당연했다.

나카무라는 문 옆의 쪽문을 열고 성큼성큼 안으로 들어갔다. 양옥집은 지은 지 오십 년도 더 넘어 보였지만 수리를 해놓아서 깔끔했다. 나무 냄새가 풀풀 풍겼다.

"이쪽입니다. 들어오세요."

나무들 사이를 벗어나자 탁 트인 안뜰이 나타났다. 커다란 나무 그늘 아래 놓아둔 탁자와 의자가 눈에 들어왔다.

"여기까지 오시느라 수고 많으셨습니다. 더우셨죠? 시원한 음료를 내오겠습니다."

나카무라가 냉커피를 담은 유리 포트를 가져와 마키 앞에 놓인 잔에 따라주었다. 커피를 마시자 땀이 쏙 들어갔다. 마키는 이루 말할 수 없이 시원하고 편안했다.

"이제 좀 시원하죠? 더위가 가셨으면 안으로 들어가 볼까요?"

나카무라의 안내를 받아 공방에 들어갔다. 공방에는 유리 작품이 빼곡하게 늘어져 있고 창가에 그 선반이 있었다. 선반 위를 본 순간 마키는 숨을 삼켰다.

선반 위에 나란히 진열된 마키표 유리잔 옆으로 마키가 아키라에게 보낸 커피 잔이 있었다.

"이렇게 진열해놓으니 예쁘죠? 당신 작품은 보면 볼수록 멋져요."

"저기, 저 커피 잔이 어떻게 여기에 있죠?"

"그거야 아키라가 여기 있으니까요. 미리 말 안 해서 미안해요. 내 이름은 나카무라 아키요시예요. 아키요시에서 음을 따서

닉네임을 아키라로 정했지요."

"ＡＫＩＲＡ … 아키라."

마키는 한동안 말을 잇지 못하고 우두커니 선반만 바라보았다.

+ 한 잔

커피 마시기 좋은 날

- 유즈키 케이 -

초록빛 바람 속을 걸으면 마음이 투명해지는 것처럼

한 잔의 커피에서 정겨운 시간들이 피어오른다

이별의 계절

4월은 벚꽃의 계절이다. 꽃이 이제 막 피기 시작했느냐 반만 피었느냐 흐드러졌느냐에 관계없이 벚나무는 언제나 고운 자태를 뽐낸다. 그럼에도 사람들은 벚꽃은 흩날려야 제맛이라고들 한다. 땅거미가 진 어둠 속에서 두둥실 떠오르는 벚나무. 그 아래로 흩날리는 새하얀 꽃보라. 벚나무 아래 서서 팔랑팔랑 떨어지는 꽃잎을 술잔에 받아 쭉 들이켠다. 한 폭의 그림 같은 풍경이 눈에 아른거린다.

벚나무는 그 자체만으로도 아름답다. 꽃이 피었을 때나 피지 않았을 때나 나름대로 매력이 있다. 벚꽃의 계절은 쓸쓸하고도 아름다웠던 이별의 추억을 곱씹게 만든다. 아무리 인생이 만남과 헤어짐의 반복이라지만 몇 번을 겪어도 이별은 늘 괴롭다.

벚꽃이 눈보라처럼 아름답게 흩날리던 날, 나는 찻집 '재회'에서 곧 영국으로 떠날 N과 마주앉아 있었다. 우리는 말없이 그저 서로를 바라만 보았다.

"앞으로 한 오 년은 못 볼 거야."

N이 먼저 입을 뗐다. 나는 잘 다녀오라고만 했다. 두 잔째 마시는 커피가 입으로 들어가는지 코로 들어가는지 알 수 없었다. N도 더는 다른 말을 하지 않았다. 찻집을 나온 우리는 절정이 지난 벚나무 아래서 헤어졌다. 그래서일까. 벚꽃이 필 때면 N과 마지막으로 만났던 찻집 '재회'와 눈보라처럼 흩날리는 벚꽃 너머로 멀어져가던 N의 뒷모습이 떠오르곤 한다.

바다가 보이는 찻집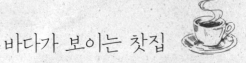

'갈매기'

그 찻집의 이름이다. 찻집 앞에는 오호츠크 해가 드넓게 펼쳐져 있었는데 그 황량한 풍경이 당시의 내 기분을 훌륭하게 대변해 주었다. 그때 나는 절망의 구렁텅이에 빠져 있었다. 만사가 귀찮았고 늘 무언가에 쫓기는 기분이었다. 그날은 5월 10일, 내 서른 번째 생일이었고 바로 전날 나는 과장의 책상 위에 사표를 내던지고 그길로 침대차에 올랐다. 목적지는 없었다. 무작정 북쪽을 향해 떠났다. 오호츠크 해를 보러 가자는 결정도 아오모리에 도착한 새벽녘에야 내렸다.

바다로 뻗은 곶 끄트머리에 있는 '갈매기'는 쌀쌀한 날씨 탓에

5월인데도 난로에 불을 지피고 있었다. 그날 손님은 나 하나였다. 주인장은 먼 길을 달려온 나를 위해 피아노를 쳐주었다. 부드럽게 울려 퍼지는 음색이 파도가 밀려오듯 마음 깊숙이 스며들었다. 어제까지의 삶이 옛날이야기처럼 아득해졌다.

그날 주인장이 내려준 커피 한 잔이 내 인생을 바꾸었다. 주인장은 커피를 맛있게 내리는 방법을 친절하게 설명해주었다. 어쩌다 여자 혼자 이런 곳까지 여행을 왔느냐는 불편한 질문은커녕 궁금한 기색조차 내비치지 않았다.

일 년 뒤, 나는 '갈매기의 집'이라는 간판을 내걸고 찻집을 열었다. 오호츠크 해에서 보았던 바다 빛을 영원히 잊어버리지 않기 위해.

첫 번째 드라이브

창문 틈새로 바다 냄새를 품은 바람이 불어 들어와 우리를 부드럽게 감쌌다. N과 처음 하는 드라이브여서 나는 조금 긴장한 상태였다. 자랑은 아니지만 사실 나는 드라이브 자체가 처음이었다. 어떤 일에든 심하게 얽매이는 성격인 나는 '차'라는 좁은 상자 속에서 누군가와 몇 시간이고 함께 앉아 있는 건 할 짓이 못 된다고 늘 생각해왔다. 그런 내가 N의 드라이브 권유에 선뜻 응한 데에는 두 가지 까닭이 있었다. 하나, 그에게 관심이 있어서. 둘, 이참에 가슴속에 응어리진 감정을 정리할 수 있을지도 모른다는 기대감 때문에.

7월의 바다와 하늘은 한없이 맑았다. 푸르고 상쾌했다. 우리는 지치지도 않고 쉴 새 없이 떠들었다. 그러다 불쑥 이야기가 끊겨도 침묵이 어색하지 않았다. 나는 그 점이 무엇보다 기뻤다. 다른 사람과 대화할 때면 열이면 열 듣기만 하던 내가 N보다 더 수다에 열을 올리다니 그건 이제와 생각해도 놀랍기 그지없다.

일주일 뒤 나는 행복감에 젖어 커피를 마시고 있었다. 피곤하긴 해도 유쾌했다. 머릿속이 반 흥분 상태였다. 그와 함께 드라이브한 해안도로와 길가에 차를 세우고 바라본 아름다운 석양이 선명하게 떠올랐다. 마음속 응어리는 이미 풀어진 지 오래였다.

8월에 내리는 비

8월에 고원을 오르면 도시의 무더위가 딴 세상 이야기 같다. 나무들 사이로 상쾌한 바람이 불어왔다. 가을 분위기가 물씬 풍기는 바람을 맞고 있자니 새하얀 여름 원피스와 밀짚모자도 이제 곧 안녕이겠구나 싶어졌다. 우리는 통나무 벤치에 한참을 걸터앉아 조용히 바람소리를 들었다. 순 겉으로만. 바람소리를 듣는 척하는 내 머릿속은 온통 복잡한 상념으로 들끓었다. 그건 아마 N도 마찬가지였을 것이다. 그때 우리는 반드시 말해야 할 것 같은데 사실은 안 해도 그만인 이야기를 생각하느라 서로 말이 없었다.

느닷없이 굵은 빗방울이 후드득 쏟아졌다. 우리는 냉큼 자리에서 일어나 허겁지겁 달리기 시작했다. 숲속 깊은 곳에 있는 찻집 '인 더 포레스트In the Forest'에 도착했을 때 우리는 둘 다 비에 흠뻑 젖은 상태였다. 가게 주인은 흔쾌히 수건을 빌려주었다. 물기를 훔치고 안쪽으로 들어가 자리에 앉았다. 커피를 한 모금 마시니 그제야 마음이 놓였다. 겨우 한숨을 돌렸다. 우리는 누가 먼저랄 것도 없이 피식 웃고 말았다.

평온을 되찾은 우리는 찻집 스피커에서 흘러나오는 〈여름날의 사랑〉에 가만히 귀를 기울였다. 방금 전까지만 해도 여름이 끝남과 동시에 우리의 사랑도 끝나지 않을까 불안했는데 이런저런 복잡한 고민이 거짓말처럼 사라졌다.

막 연애를 시작했을 무렵의 설렘이 되살아났다. 지금 이 마음을 소중히 간직한다면 언젠가 사랑이 끝난대도 후회는 하지 않으리란 생각이 들었다.

외로움을 타는 계절

"그동안 잘 지냈어? 공항에는 일곱 시쯤 도착할 예정이야. 오 랜만에 네 웃는 얼굴이 보고 싶은걸."

일주일 만에 듣는 N의 목소리였다. 한 일 년은 못 본 사람을 만나는 것처럼 반가운 마음이 앞섰다. 눈가에는 눈물까지 그렁그 렁 맺혔다.

"하여간 사람 놀라게 하는 데는 선수라니까."

나는 수화기에 대고 투덜거렸지만 한껏 들뜬 목소리를 숨기지 는 못했다.

전화를 끊고서 나는 솔직하지 못했던 지난번 만남을 쓸쓸하게 회상했다. 그날 나는 입을 꾹 다물고 앉아서 눈앞에 놓인 커피 잔에도 손끝 하나 대지 않았다. 여름 끝자락이면 나는 어김없이 고독 속으로 파고들었고 N은 초조해하는 나를 눈감아주며 다정한 말투로 대화를 이어나가곤 했다.

"너무 억지로 참으려 들지는 마. 그렇게 안절부절못하면 옆에 있는 사람까지 지치니까."

N이 계산서를 들고 일어나며 말했다. 그는 나를 내버려두고 가게에서 나갔다. 그 뒤로 사과할 기회를 잡지 못한 채 일주일이 지나갔다.

어떤 말로 설명했어야 그가 나를 이해했을까. 그즈음 나는 형용하기 어려운 슬픔에 사로잡혀 있었다. 까닭 모를 슬픔이 밀려들면 으레 불안이 엄습했다. 짙은 안개 속에 갇힌 것처럼 불안해 미칠 지경에 이르러서는 하염없이 눈물이 흘렀다. 울적한 마음도 걷잡을 길이 없었다.

N의 다정다감함은 그런 내게 힘을 불어넣어 주었다. 나를 배려해서일까. N은 우울했던 일주일 전 만남에 대해 묻지 않고 도쿄에서 보았다는 영화 이야기를 꺼냈다. 뜨거운 커피가 맛있게 느껴졌다. 아무래도 여름 내내 쌓인 피로가 풀린 모양이나.

가을 기운

　블라인드를 걷어 올리자마자 눈부신 아침햇살이 쏟아져 들어왔다. 맑고 푸르른 가을 하늘이 아름다웠다. 나는 오늘도 잠시 베란다에 서서 끝없이 이어지는 출근길 자동차 행렬을 바라보았다. 일곱 시 이십 분. N도 지금쯤 차를 끌고 나갔겠지. 눈에 익은 그의 차가 미끄러지듯 굴러 나와 순식간에 멀어지는 모습을 상상했다. 오늘 N의 하루는 어떻게 흘러갈까?

　진한 커피 향기가 풍겼다. 그제야 커피를 내린 사실이 떠올랐다. 나는 느긋하게 모닝커피를 홀짝였다. 내 하루는 언제나 커피 한 잔으로 시작된다. 다시 N을 생각했다. 내게 커피처럼 녹아든 그는 이제 산소처럼 반드시 필요한 존재가 되었다.

어느새 가을이 성큼 다가왔다. 실내든 바깥이든 공기에 가을 기운이 짙게 감돈다. 가을이 오자 내 마음도 차분해졌다. 여름 내 내 나를 부여잡고 놓아주지 않던 집요한 슬픔이 여름과 함께 멀리 날아갔다.

오전 여덟 시. 나도 슬슬 움직여야 할 시간이다. 가을을 알리는 아침 햇살과 커피 한 잔 덕분에 뇌가 깨어났다. 일정을 머릿속에 그려보았다. 시간이 나면 미술관에 들러야지. 오늘은 근사한 그림을 감상하고 싶다.

안개 속의 드라이브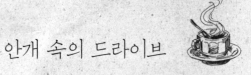

아침에 눈을 떠보니 온 세상에 안개가 자욱했다. 토요일을 맞아 오랜만에 늘어지게 늦잠을 잤더니 어제의 피로가 말끔히 풀려 개운했다. 오전 열 시. 전화벨이 울렸다. 예상대로 N이었다.

"오늘 나랑 드라이브하자. 한 치 앞도 안 보일 만큼 안개가 끼기는 했지만."

N의 제안에 나는 부랴부랴 커피를 내려 보온병에 담았다.

안개는 자꾸만 짙어졌다. 이따금 안개 속에서 거리를 달리는 다른 차의 미등이 가물대다 사라졌다. 도로 양옆으로 함초롬히 선 가로수가 창밖을 스쳐 지났다. 환상의 숲에서 차를 달리는 기분이었다. 낙엽이 쌓인 길 위에는 바퀴자국이 선명했다. 한참을 달리다 보니 돌연 시야가 탁 트였다. 붉게 물든 단풍나무들이 안개에 휩싸여 있었다. 히가시야마 카이*가 그린 일본 풍경화 속에 들어와 있는 듯한 착각이 일었다. 우리는 차를 세우고 뜨거운 커피를 마셨다. 우리 두 사람 사이로 안개가 천천히 흘러갔다.

"고즈넉하네. 안개에 파묻혀 있으니까 유럽에서 머물던 때가 떠올라. 거긴 가을부터 겨울까지 안개 끼는 날이 많거든. 나 혼자 안개 속을 걸을 때면 일본에 있는 널 생각하곤 했어."

"나도 항상 안개 속을 걷는 기분이었어. 안개 속에서 아무리 다가가려고 애써도 당신과의 거리가 좁혀지지 않아 굉장히 외로웠지. 근데 요즘은 이런 생각이 들더라. 가끔은 옅은 안개가 끼어 있어도 괜찮겠다고. 지금 우리가 보는 이 풍경처럼 말이야."

* 일본을 대표하는 풍경화가

크리스마스이브의 석양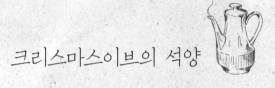

저 아래 펼쳐진 겨울 바다에 파도가 거칠게 일고 있었다. 바닷물이 햇빛을 반사하여 반짝반짝 빛났다.

비수기를 맞은 리조트호텔의 찻집에는 손님이 거의 없었다. 낮에는 말이다. 밤이 오자 찻집은 연인들로 가득 찼다. 그럴 만도 했다. 오늘은 크리스마스이브가 아닌가. 호텔에 들어온 지 두 시간이 지났다. 바다가 서서히 색깔을 바꾸었다. 지금 눈앞에 보이는 석양도 해 질 녘이면 바다 속으로 숨어들겠지.

N과 처음으로 식사를 했던 날 이곳에서 커피를 마셨다. 어느 여름날이었는데 바다에 잠겨드는 석양을 바라보며 나는 N에게서 운명을 예감했다. 나는 지금도 혼란스럽고 쓸쓸해서 견디기 힘들

때면 종종 그때 그 석양을 떠올린다. 둘이서 바라보았던 석양은 애달프리만치 아름다웠다.

문득 정신을 차리니 앞에 커피가 놓여 있었다. 저만치에서 주인장이 가볍게 고개를 숙이며 눈인사를 했다. 생각에 깊이 잠긴 나를 배려해 살그머니 가져다 놓은 모양이다. 때마침 바다가 태양을 꿀꺽 삼켰다. 석양은 겨울과 여름이 사뭇 다르다. 해가 저물어도 한동안 밝은 여름과 달리 겨울에는 바다와 하늘이 동시에 저문다.

그해 여름 N이 말했다. 언젠가 크리스마스이브에 날이 맑게 개면 함께 석양을 보러 오자고. 나는 오늘 혼자 이곳에 왔다. 어쩌면 그도 약속을 잊지 않고 올는지 모른다. 크리스마스이브는 아직 여섯 시간도 넘게 남았다. 나는 조금만 더 그를 기다려볼 작정이다.

정월 초하루에 꾸는 꿈

눈 깜짝할 사이에 정월 연휴*가 지나갔다. 오랜만에 고향에 내려갔다가 홀로 지내는 일상으로 돌아오니 마음이 평온하기 그지없었다. 지나고 보니 벌써부터 왁자지껄한 연휴가 그리운 마음이 들기도 했지만 고향에서 동창들의 시끌벅적한 이야기에 적당히 맞장구를 쳐주며 앉아 있노라면 금세 무료해지곤 했다.

내 동창들은 절반 이상이 결혼했다. 이미 살림꾼이 다 되어 제법 살림때가 묻어나는 그녀들은 모였다 하면 수다쟁이로 변신하는 유부녀들이라 매력과는 거리가 멀었지만 어떤 자신감이 흘러넘쳤다.

* 일본에서는 양력 정월을 쇠어 대개 7일 정도 연휴를 보낸다.

"어쩜 너는 정말 하나도 안 변했다, 얘. 여전히 매니시룩을 잘 소화하는구나."

예나 지금이나 나는 남자 같은 구석이 있어 여자 친구들과 모이는 자리에 가면 엉덩이가 배긴다. 이만저만 고생이 아니다.

내일이면 다시 평범하고 단조로운 일상으로 돌아간다. 나는 연휴 기간에 받은 연하장을 들고 찻집 '꿈의 역'으로 갔다. 오랜만에 마시는 맛있는 커피였다. 은사님과 친구들이 보낸 연하장들 사이에서 N의 이름이 내 눈길을 사로잡았다.

정월에 나가사키에 갑니다. 와키미사키에서 새해 첫 해돋이를 볼 계획입니다. 새해 첫 꿈에 당신이 나오면 더할 나위 없겠군요.

바다로 뻗은 곶 끄트머리에서 솟아오르는 새해 첫 태양과 반짝이며 물결치는 바다가 눈에 선했다. 나도 새해 첫날 N이 나오는 꿈을 꾸었다. 꿈속에서 나는 숲길을 걷고 있었는데 저 멀리 N의 목소리가 들렸다. 그 목소리를 따라 걸었다. 아무리 걸어도 그의 모습이 보이지 않아 영영 울었다. 나는 꿈속에서까지 N이 나를 슬프게 한다며 구시렁거렸다.

밸런타인데이 선물

일 년이 흘렀다. 어느새 코앞으로 다가온 밸런타인데이 때문에 나는 올해도 걱정이 태산이었다. 그냥 초콜릿만 주자니 유치하고 마땅히 떠오르는 다른 선물도 없었다. 의리 초콜릿*은 열 개나 준비했으면서 정작 N에게 줄 선물은 아무것도 사지 못했다. 작년에는 CD 한 장으로 구렁이 담 넘어가듯 넘어갔다. 올해는 어째야 하나 고민하며 커피를 마시고 있는데 누군가 내게 말을 걸어왔다.

"무슨 고민이라도 있어? 표정이 엄청 심각하네."

"앗, U구나. 내 표정이 그렇게 심각해? 어휴, 실은……."

---

* 밸런타인데이에 친한 친구나 동료와 주고받는 초콜릿

속내를 털어놓으니 U도 마침 같은 고민을 하던 중이라고 해서 우리는 배꼽을 쥐고 웃었다.

나는 N에게 마음이 담긴 무형의 선물을 만들어주고 싶었다. 그를 떠올리며 바라보았던 바다 빛깔, 갯가 냄새, 빗소리, 수런대는 바람소리…… 이 모두를 자그마한 상자에 담아줄 수만 있다면 얼마나 좋을까. 부드러운 음악처럼 지친 그의 마음을 달래줄 선물을 해주고 싶었다.

형태가 있는 물건은 언젠가 사라지게 마련이다. 하지만 형태가 없는 선물은 영원히 기억에 남는다. 그것은 기억 속에 잠복해 있다가 계기가 생길 때마다 조그만 방울을 흔들어 살며시 마음을 울릴 것이다. 나는 리본을 풀고 상자를 열며 기뻐할 N의 모습을 상상하며 마음을 울릴 만한 선물을 찾아봐야겠다고 다짐했다.

비 오는 날의 재회

벌써 사흘째 내리 비가 쏟아진다. 오늘도 비는 그칠 기미가 없어 보인다. 나는 마음이 영 어수선했다. 아침나절에는 커피를 마셔도 보고 음악을 틀어두고 책에 눈길을 주기도 했지만 부질없는 짓이었다. 마음이 싱숭생숭해 글자가 눈에 들어오지 않았다.

보통 이런 날에는 손가락 하나조차 까딱하기 싫은데 오늘은 큰맘 먹고 외출을 단행했다. 비 오는 날의 외출이라면 역시 '블루레인'이다. 카페에 도착하니 생각보다 사람이 많았다. 다들 나처럼 마음이 소란해서 카페를 방문했을 테지. 다행히 안쪽 자리가 비어 있어서 거기에 앉았다. 창밖에는 수국이 피어 있었다. 푸릇푸릇한 꽃송이가 블루레인이라는 가게 이름과 절묘하게 어우러졌다. 카페에 앉아 수국을 바라보노라니 집에 있을 때보다 한결 마음이 편안했다.

누군가의 시선이 느껴져 고개를 돌렸다가 하마터면 소리를 지를 뻔했다.

"오랜만이야."

"세상에, 런던에서 언제 돌아왔어?"

"4월 초. 우리가 헤어졌던 벚꽃의 계절에 돌아왔지. 사실 나, 런던에 도착하고 얼마간은 네가 찾아와주지 않을까 막연한 기대를 품기도 했어. 떡 줄 사람은 생각도 않는데 김칫국부터 마신 셈이랄까. 오 년은 정말 길더라. 그 긴 시간을 건너 이렇게 다시 만났네."

산 피에트로 성당이 그려진 엽서와 거기 쓰여 있던 문장 하나가 머릿속에 떠올랐다.

'언젠가 네가 이곳에 오게 해달라고 소원을 빌며 트레비 분수에 동전을 던졌어.'

그의 필체가 도드라졌던 그 구절을 나는 의도치 않게 외우고 있었다. 가려고 마음만 먹으면 갈 수도 있었을 것이다. 나는 왜 주저했을까. 나도 오랫동안 마음에 담아둔 생각이 많은데.

창밖을 보니 그새 빗발이 잦아들어 가랑비로 바뀌어 있었다.

불안한 하루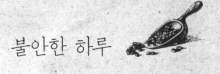

오늘은 아침부터 차분하게 있지 못하고 실수를 연발했다. 커피 잔과 머그컵을 세 개나 깨트리고 토스트를 홀라당 태워 먹었으며 설탕과 소금을 헷갈리는 바람에 짭조름한 커피를 타기까지 했다. 오전시간이 정신없이 지났다. 곧 점심때인데 휴대전화는 아직도 울릴 줄을 몰랐다. N은 내가 전화기를 손에 들고 자기 전화를 기다린다는 사실을 모르는 걸까. 물론 전화를 주겠다고 따로 약속한 적은 없다. 어쩌면 눈코 뜰 새 없이 바빠서 나를 신경 쓸 겨를이 없는지도 모른다. 이럴 줄 알았으면 아침 일찍 외출이나 할 걸 그랬다. 나는 이런저런 생각에 사로잡혀 시간을 보냈다.

그토록 기다리던 전화가 걸려온 건 오후 세 시가 되어서였다.

"바빠서 길게는 통화 못 해. 일곱 시에 항상 가던 곳에서 보자."

오후 일곱 시가 지난 시각. 우리는 찻집 '물의 정령'에서 만났다.

"올해는 전근 안 가도 된대. 앞으로 일 년은 두 다리 쭉 뻗고 잘 수 있겠어."

"에이, 올해는 각오를 단단히 해뒀는데 아쉽게 됐네. 당분간은 또 다투며 지내겠구나."

속으로는 한량없이 기쁘면서 겉으로는 짓궂게 대꾸했다. 솔직히 말하면 지금은 그와 조금 떨어져 지내도 행복할 것 같다. 평소에 만나기 어려우면 목소리만 들어도 기쁠 테고, 못 견디게 만나고 싶어지면 먼 길을 가더라도 찾아가 얼굴을 보면 그만이니까. 그러고 나면 다시 마음이 돈독해지겠지.

봄 안개

　그날은 오늘처럼 봄 안개에 둘러싸인 포근한 하루였다. 우리는 옛날이야기에나 나올 법한 산기슭의 작은 마을에 있었다. 조그만 나무다리를 건너자 오솔길이 이어졌다. 오솔길 양옆에는 빈틈없이 깔아놓은 융단처럼 개불알꽃이 잔뜩 피어 있었다.

　"무슨 생각을 그리 골똘히 해?"

　N은 내게 묻고는 대답을 기다리지 않고 연이어 말했다.

　"너는 꼭 그렇게 가끔씩 혼자 다른 세상에 다녀오더라."

　"아, 미안. 내가 좀 그래. 한 번 어떤 생각에 빠지면 잠시 현실을 까먹어버려. 방금은 어린 시절을 떠올리고 있었어. 누군가를 좋아한다는 게 어떤 감정인지 아직 모르던 때 말이야. 꼬맹이였을

시절이지. 그 무렵에 나는 언제나 외톨이였어. 사람보다 꽃이랑 곤충이 훨씬 친숙했다고."

실개천가에서 커피를 마시는데 문득 기분이 이상했다. 그때는 혼자여도 아무렇지 않았다. 오히려 마음이 편하기까지 했는데 지금은 혼자 있으면 쓸쓸하다니.

부드러운 봄볕 아래에서 N과 오붓한 시간을 보내고 있자니 마음이 푸근해져 왔다. 혼자라면 무심히 지나쳤을 풍경도 함께 보니 반짝반짝 빛이 났다.

파릇파릇했던 시절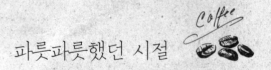

여름이 성큼 다가왔다. 완연한 초여름 날씨에 여자아이들은 팔다리를 시원하게 내놓고 거리를 활보한다. 나뭇가지에 달린 어린잎이 내뿜는 싱그러운 향기와 가슴이 멜 만큼 건강한 빛이 나를 둘러쌌다. 3월까지 나는 시간이 어떻게 지나가는지도 모르고 살았다. 너무 바빠서 남들 옷차림이 바뀌거나 말거나 세상의 변화에 신경 쓸 여력이 없었다.

오랜만에 맞은 한가로운 토요일. 거리를 걷고 싶어서 아침식사를 간단히 마치고 뛰쳐나오다시피 밖으로 나왔다. 학창시절에는 5월이 특별했다. 5월은 새 교복과 새 교과서에 익숙해지고 새로 사귄 친구와 함께 바이킹을 타거나 콘서트를 가기도 하는 시기니까. 그때는 모든 것이 새로웠다.

갑자기 찻집 '프레시 그린'이 떠올라서 그리로 발길을 옮겼다. 찻집에 들어서니 뜻밖에도 맨 안쪽 자리에 N이 앉아 있었다.

"어? 우리 통한 거야?"

"그런가 봐."

그 자리는 우리가 학창시절에 커피를 홀짝이며 이야기를 나누던 자리였다. 이 찻집이 그 시절 그대로 남아 있는 자체가 기적이 아닐까 싶었다. N의 얼굴을 보니 그때 느꼈던 설렘이 아련하게 떠올랐다. 그 후로 여러 사람을 만나봤지만 그에 대한 마음은 조금도 변하지 않았다.

학창시절이라는 특별한 시간을 함께한 친구와 대화를 나누면 그간의 세월이 하얗게 지워진다. 그러다가 차츰 어둠 속에서 떠오르는 특별한 뭔가가 있다. 이제 두 번 다시는 돌아가지 못할 한 장소를 N과 공유하는 기분이 들었다.

부재중 메시지 녹음테이프로 재회

    오늘도 벌써 일곱 시다. 무슨 일이 있어도 다섯 시에는 퇴근하자고 날마다 굳게 다짐하건만 결국은 항상 이 시간까지 회사에 남아 일한다. 딱히 집에 기다리는 사람이 있는 건 아니다. 하지만 혼자 사는 사람에게도 나름대로 제시간에 퇴근해야 할 까닭이 있는 법이다. 정시에 퇴근하지 못하면 중요한 물건을 잃어버린 것처럼 마음이 초조해졌다.

    일을 마친 뒤에는 '꿈의 시간'이라는 찻집에 들러 커피를 마신다. 집에 돌아와 시계를 보면 시곗바늘은 어김없이 열 시를 가리킨다. 씻고 잠자리에 들 시간이다. 다람쥐 쳇바퀴 도는 듯한 이 생활을 대체 언제까지 계속해야 할까. 따분하다는 생각을 하며 현관

문을 열고 들어갔다. 웬일로 전화기의 부재중 전화 램프에 불이 들어와 있다. 보나마나 광고 전화겠지. 대수롭지 않게 생각하며 재생 버튼을 눌렀다.

"나야. 한참 찾아다녔어. 그렇게 감쪽같이 자취를 감추다니 정말 너무한다. 내가 잘못하기는 했지만 아무리 그래도 그렇지. 아무 말 없이 숨어버리면 어떡해? 제발 목소리 좀 들려줘."

그리움과 슬픔이 밀려온다. 어떤 말로도 표현이 불가능한 감정이 복받쳐 눈물을 쏟았다. 일 년 만에 듣는 N의 목소리는 바로 어제 만난 사람처럼 다정했다. 애정이 담뿍 담긴 이 목소리에 위로를 받는 게 몇 번째인지 몰랐다. 얼굴을 보지 않고 테이프에 녹음된 목소리만 들으니 더더욱 가슴이 미어졌다. 그와 함께한 이 년이라는 세월이 한순간에 되살아나 해일처럼 밀려들었다. 나는 그 자리에서 꺽꺽 울었다. 그리움이 사무치는 밤이었다.

하루의 시작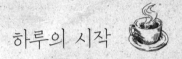

블라인드 사이로 들이비치는 따가운 아침 햇살에 눈을 떴다. 한여름이다. 자면서 흘린 땀에 몸이 젖어 있었다. 오늘도 상당히 무더울 듯하다. 눅눅한 몸을 일으켜 샤워를 하니 몸이 개운해졌다. 뇌가 활동을 재개하는 느낌. 샤워하기 전에 커피포트 스위치를 켜둔 덕분에 욕실을 나오자마자 향긋한 커피 향이 풍겨왔다. 하루의 시작을 알리는 향기가 방 안에 가득했다.

커피를 한 잔 마셨다. 아직까지 머릿속에 남아 있는 술기운을 커피가 가시게 해준다. 어제, 정확히는 오늘 새벽 두 시까지 나는 N과 둘이서 술을 마셨다. 둘 다 반쯤 될 대로 되라는 심정으로 거나하게 퍼마셨다. 우리는 서로를 소중히 여기면서도 막상 얼굴을 보면 고집쟁이가 되어 억지를 부리곤 했다.

내 기억이 맞다면 우리는 어제 사진에 관한 이야기를 했다. 자세한 내용은 기억나지 않는다. 그가 찍은 사진 이야기였던가? 예전에 나는 모노크롬* 사진을 즐겨 찍었다. 사진에도 그림과 음악처럼 독자적인 세계가 존재한다. 나는 그 세계가 어떤 식으로 펼쳐지는지 체험하는 일이 즐거웠다. 평범하게 찍은 사진은 금방 질린다. 사진 속에 얼마나 깊이 있는 이야기를 담는지가 중요하다.

N과 나의 관계에도 깊이가 있을까. 남자와 여자의 만남에도 깊이는 필요하다. 그런 유대가 있어야 한다고 나는 늘 생각했다.

---

* 한 가지 색상만 사용하여 그린 그림이나 사진

다정한 시간

큰마음 먹고 나오길 잘했다. 숨바꼭질하듯 나무들 사이에 꼭
꼭 숨은 그 별장은 도시의 무더위를 한방에 날려버릴 만큼 기분
좋은 곳이었다. 요즈음 나와 N은 둘 다 경황이 없어서 만나도 얼
굴만 보고 들어가기 바빴고 서로 시간이 없어 미안하다며 일찍 돌
아섰다. 그런 우리가 겨우 날짜를 맞추어 떠난 휴가였다.

별장은 N의 지인이 가끔 작업을 하는 장소라고 했다. 올여름
에 유럽 여행을 떠나느라 별장을 비워두게 된 N의 지인은 N에게
별장을 빌려주며 코에 신선한 바람이라도 좀 쐬고 살라고 했단다.

이런 곳에서 마시는 커피는 맛이 색다르다. 커피 맛을 천천히
음미했다. 우리는 두서없이 이야기를 나눴다. 이야기의 내용보다

도 이렇게 느긋하게 대화를 나눈다는 사실이 몹시 기뻤다. 망중한
을 즐기며 유유히 흘러가는 시간을 만끽했다.

해가 찬찬히 돌며 때때로 새 그림자가 비쳤다. 나뭇가지를 스
치는 바람 소리가 들려왔다. 둘 다 마음이 차분한 시간을 보내기
는 오래간만이었다. 종종 이렇게 다정한 시간을 보내는 덕분에 N
과 나는 항상 격렬한 감정싸움을 하면서도 관계가 끝나지 않는다.
다정한 시간에는 자정작용이 일어나 폭발할 듯한 감정을 누그러
뜨린다. 바쁜 일상에서 아등바등 애쓰지 않아도 괜찮다고 속삭여
주는 한때였다.

슬픈 꿈

해가 저물자 한낮의 더위가 무색한 밤바람이 선선히 불어왔다. 시계를 보니 벌써 자정이 넘었다. 한참 동안 창가에 걸터앉아 곤충이 우는 소리에 귀를 기울였다. 잦아들다가 다시 커지는 가을 곤충의 울음소리. 가을 냄새가 바람을 타고 들어와 내 마음을 치유해주었다. 좀 전에 선잠을 자서 오늘 밤은 쉬이 잠들지 않을 듯했다.

식탁에 앉아 전표를 정리하다 꾸벅꾸벅 졸고 말았다. 깜빡 잠이 들었다가 눈을 떠보니 온몸이 땀에 흠뻑 젖어 있었다.

내 울음소리에 잠에서 깼다. 요즘 들어서는 뜸하지만 어릴 적에는 우는 꿈을 많이 꾸었다. 꿈속에서 울다가 눈을 뜨면 현실의

나도 울고 있었다. 그럴 때는 꿈속에서 왜 울었는지도 선명하게 기억이 났다.

오늘 꾼 꿈도 또렷이 기억이 났다. 꿈에서 나는 초등학생으로 보이는 N과 강에서 놀며 배인지 뭔지를 함께 쫓아다녔다. N이 뜰 채로 물고기를 몰아넣으려 했지만 물고기가 쉽사리 잡히지 않았다. 나는 물고기 잡기를 금방 포기하고 게를 찾기 시작했다.

퍼뜩 고개를 들었을 땐 주변에 아무도 없었다. N은 물론이고 다른 누구의 그림자도 보이지 않았다. 불안해서 강가 자갈밭에 쭈그려 앉아 울었다. 어린 N은 본 적도 없는데 왜 이런 꿈을 꾸었을까. 나는 다시 잠을 청하는 대신 뜨거운 커피를 내렸다. 아침이 밝자마자 N에게 전화를 걸어야겠다.

비 내리는 생일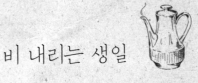

아침에 눈을 뜨니 태풍의 여파로 장대비가 내리고 있었다.

"간만에 옷 구경 좀 하고 쇼핑할까 했더니 날씨가 왜 이 모양
이람."

혼잣말을 하며 커피를 내렸다. 나는 옷이나 장신구에 연연해
하지 않는 성격이다. 정장은 한 가지 색만 입고 평상복도 색깔을
맞춰 입기 쉬운 옷만 골라 입었다. 무늬가 없는 옷만 고집하다 보
니 옷을 사기도 비교적 수월했다.

나가려던 계획을 접고 책상머리에 쌓아둔 잡다한 서류와 책,
편지를 정리하기로 했다. 그러고 보니 요 반 년간 일에 치여 사느
라 편지를 쓰기는커녕 책 한 권조차 읽을 시간이 없었다. 바쁘다

는 핑계로 다른 사람을 다정히 위하는 마음을 잊고 지냈다.

책들 사이에 꽂힌 카세트테이프 하나를 발견했다. 처음 보는 테이프였다. 어쩐지 미심쩍었지만 재생해보았다.

"생일 축하해. 네가 언제쯤 이 테이프를 발견하려나. 요즘 너는 정신없이 바쁘니까 오늘이 자기 생일인 줄도 모르고 지나갈 것 같아서 네가 좋아하는 이 음악을 보낸다. 참, 오랜만에 함께 식사하고 싶어서 레스토랑 '갈매기 셰프'에 두 명을 예약해뒀어. 날짜는 10월 7일 토요일 오후 7시야. 음, 8시까진 기다릴게."

반가운 N의 목소리였다.

마침 오늘이 7일이었다. 내가 내 생일을 까맣게 잊고 있었다는 사실을 그제야 깨달았다. N이 보낸 음악은 〈가을의 한숨〉이었다. 만약 오늘 비가 내리지 않았다면 아마 이 테이프를 듣지 못했으리라. 나는 테이프를 듣게 해준 비에게 감사했다.

사랑의 형태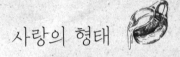

오래간만에 아무 예정도 없고 전화벨도 울리지 않는 일요일이다. 아침까지 편안하게 잠을 잔 덕분에 개운하게 눈을 떴다. 잠에서 깬 나는 두툼한 토스트와 스크램블 에그와 샐러드를 만들었다. 제대로 브런치 먹을 준비를 마친 셈이다. 집 안 가득 퍼진 커피 향이 아까부터 식욕을 자극했다. 오늘 같은 아침에는 사티*의 음악이 제격이다. 모처럼의 여유를 만끽하며 식사를 마치고 후식으로 커피를 마셨다. 그리고 N에게 편지를 썼다.

---

* 프랑스의 작곡가. 그의 작품 중 〈짐노페디〉는 단조로운 구성과 단순한 전개로 순수하고 투명한 음악으로 알려졌다.

전에 보낸 장미 묘목 잘 기르고 있어? 사실 난 내가 장미꽃을 기를 거란 생각은 한 번도 해본 적이 없어. 당신 정원과 내 정원에 따로 심은 장미 묘목이 같은 꽃을 피운다니 생각만 해도 가슴이 뛴다. 살아오면서 여러 꽃을 길러봤지만 장미꽃은 이번이 처음이야.

N은 벨벳처럼 보드랍고 불타오르는 빛깔을 지닌 장미가 꽃을 피우는 모습이 보고 싶다고 말했다. 그 한마디를 계기로 같은 꽃을 길러보자고 제안했다. 꿈에나 나올 법한 얘기를 갑자기 떠올린 것이다. 꽃은 피기까지 시간이 걸린다. 나무에서 피는 꽃은 더욱 인내가 필요하다. 장미는 나무에서 피는 꽃치고는 빨리 피는 편이어서 봄과 여름 사이에 묘목을 심으면 이듬해 봄에는 꽃을 피운다고 했다.

사랑을 할 때도 꽃을 기를 때와 마찬가지로 시간을 들여야 한다. 사랑을 시작하는 단계에서는 모든 연인이 비슷한 사랑을 하겠지만 오랜 세월 함께한 사랑은 두 사람이 가꾸기 나름이다.

뜻밖의 선물

연말 판매 경쟁 탓에 인파가 개미떼처럼 몰렸다. 그 인파를 뚫고 나와 어느 빌딩 12층에 있는 '물가 그늘'이란 찻집에 엉덩이를 내려놓았다. 저 아래의 어수선한 분위기가 이곳까지 쫓아오지는 않을 테니 편히 앉아 커피를 주문했다. 혼자 사는 여자에게는 12월만큼 싫은 달도 없다. 12월에는 이마에 "나 가족 선물 사러 왔어요."라고 대문짝만하게 써 붙인 주부들이 여기저기 넘쳐난다. 나는 연말이 와도 선물을 챙겨줘야 할 사람이 없다.

올해 크리스마스는 어떻게 보낼까. 크리스마스이브는 일요일이다. 혼자 사는 사람들을 이 사람 저 사람 떠올렸다. 그중 누구를 불러내서 식사라도 할까 생각하다 결국 아무에게도 연락하지 않왔다. "미안해. 모처럼 연락해줬는데 그날은 약속이 있어서."라는 식의 거절을 당하느니 차라리 아예 물어보지 않는 편이 낫다.

겨울 휴가를 혼자 보내기로 결정한 나는 휴가 기간에 읽을 책을 한 아름 사들고 번화가를 빠져나왔다. 크리스마스와 어울리는 책을 고르고 닭고기 오븐 구이와 작은 케이크를 샀다. 곁들여 마실 와인도 구입했다. 연말 분위기와 어울리는 CD도 한 장 사야지.

집에 돌아오니 우편함에 N의 이름이 적힌 봉투가 들어 있었다. 전혀 예상치 못한 크리스마스카드에는 꿈처럼 아름다운 메시지가 담겨 있었다.

크리스마스이브 드라이브에 너를 초대해도 될까? 오후에 데리러 갈게.

출장 가서 일찍 못 올 줄 알았는데! 방금 전까지 울적했던 기분이 훨훨 날아갔다. 나는 뜻밖의 선물에 감사했다.

쌉싸래한 추억

밸런타인데이가 사흘 앞으로 다가왔건만 나는 아직도 고민
중이다. 그냥 초콜릿만 줄까, 다른 선물도 함께 줄까. 사실 내게
는 '밸런타인데이' 하면 떠오르는 쌉싸래한 추억이 있다. 고등학
교 3학년 때였다. 남몰래 좋아하던 아이가 있었는데 그 아이는 내
마음을 전혀 모르는 눈치였다. 서로 이야기를 나누어본 적이 없었
으니 그럴 만했다. 졸업이 점점 가까워왔다. 졸업하면 이제 더는
못 만나겠구나 싶어 섭섭한 기분이 들었다. 거절을 당해도 좋으니
마음만이라도 전하자고 다짐했다. 카드를 쓰고 초콜릿과 정기승
차권용 가죽 케이스를 준비했다. 밸런타인데이에 나는 용기를 내
서 그 아이의 책상 서랍에 선물과 카드를 넣어놓았다. 그 아이는

아무런 반응도 보이지 않았고 졸업 후에는 서로 다른 지역의 대학에 진학했다. 나는 그때의 기억이 잊히지 않는다. 처음 접한 커피의 쓴맛과 첫 실연의 슬픔을 한꺼번에 맛본 날이었다.

대학을 졸업하고 우연히 그의 소식을 전해 들었다. 학창시절 같은 반이었던 S와 결혼을 약속했다는 소식이었다. 두 사람이 사귀게 된 계기는 놀랍게도 내가 넣어둔 밸런타인데이 선물이었다고 한다. 그 아이는 내 선물을 S가 준 것으로 착각하여 데이트를 신청했고 이후 두 사람을 교제를 시작했다. 기가 막힐 노릇이다. S와 나는 이름 머리글자가 똑같았다.

실상을 알고 난 뒤 나는 두 번 다시 누군가에게 밸런타인데이 선물을 주지 않았다. 하지만 올해에는 N에게 선물을 줄 예정이다. N은 내 마음을 잘 아는 사람이고 내심 선물을 기다릴지도 모르니까. 대신 이번에는 이름을 제대로 써서 보내야지. 다른 사람이 보낸 선물이라고 착각하는 일이 없도록 말이다.

둘만의 빛깔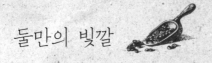

아침부터 가느다란 빗줄기가 끊임없이 이어졌다. 날이 풀리기 시작한 3월에 내리는 비라서 봄비라는 말이 딱 어울렸다. 어제 귀갓길에 사온 프리지어의 달콤한 향기가 집 안 가득 퍼졌다. 아침부터 마음이 한껏 들떴다. N의 생일을 맞아 둘이서 생일파티를 할 계획이었다. 오늘을 위해 N에게 초대카드를 보내고 선물도 미리 준비했다. 선물은 고민 끝에 커프스 버튼 세트를 구입했다. N이 언젠가 커프스 버튼에 푹 빠졌다는 소리를 한 적이 있는데 그때부터 나도 그의 커프스 버튼을 감상하는 일이 좋아졌다.

오후 다섯 시. 저녁을 먹기는 아직 이른 시간이라 레스토랑 '문 리버' 안은 한산했다. 입구 앞에서 미소 띤 N의 얼굴을 보자

마음이 뭉근히 풀어졌다. 느긋하게 메뉴판을 보며 와인과 스프, 샐러드, 메인요리를 골랐다. 잔잔히 흘러가는 이 시간이 즐거웠다. 요 몇 년간 교제하며 이렇게 여유로운 생일 축하 식사를 함께한 건 처음이었다. 식후에 마신 커피도 평소보다 훨씬 맛이 좋았다.

"멋진 선물 고마워. 색깔도 예쁘다. 오키나와 바다 빛깔이네."

맞다. 오키나와의 바다 빛이다. 눈을 감으면 언제든 떠오르는 선명한 블루그린. 둘만의 시간과 둘만의 빛깔을 우리는 앞으로 얼마나 더 갖게 될까.

산벗나무

대체 누가 이 야심한 시각에 전화를 하나 했더니 나오미였다.

"잘 지냈어? 이번 주 토요일에 시간 어때? 괜찮으면 벚꽃놀이 가자. 유미코랑 사야카도 갈 수 있대."

"그래, 좋아. 그러고 보니 벚꽃놀이 간 지도 꽤 오래됐다."

그런 연유로 여자 넷이서 꽃구경을 갔다. 만개시기가 지난 벚꽃 잎이 하늘하늘 떨어져 내렸다. 황혼이 지는 하늘을 배경 삼아 엷은 먹빛을 띤 꽃잎이 흩날렸다. 곁에 아무도 없이 홀로 그 광경을 보았다면 분명 사무치게 외로웠으리라. 벚꽃은 사람을 몹시 쓸쓸하게 만드는 꽃이다.

그때 N과 나는 목적지도 없이 차를 타고 달렸다. 우리는 둘 다 침묵을 지켰다. 전날 사소한 일로 다투었는데 미처 화해할 기회를 찾지 못하고 서로 꽁해 있었기 때문이다.

차는 어느새 대로를 벗어나 산길로 접어들었다. 비탈길을 다 오르자 별안간 시야가 탁 트였다. 우리는 누가 먼저랄 것도 없이 탄성을 터뜨렸다. 누가 밀어놓은 것처럼 아슬아슬한 벼랑 끝에서 멋진 산벚나무가 꽃을 피우고 있었다. 나무 아래 차를 세우고 올려다보니 한 잎 두 잎 꽃잎이 지며 우리가 타고 온 차에 내려앉았다.

벚꽃 잎은 방금 내린 커피 잔 속에도 떨어졌다. 나는 불쑥 외로워졌다. N의 존재가 더 소중하게 다가왔다. 앞으로는 쓸데없는 일로 서로 상처 주지 말아야겠다고 굳게 다짐했다.

5월에 부는 바람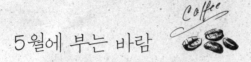

가끔 생각한다. 골든위크* 따위는 차라리 없었으면 좋겠다고. 찻집을 열고 다른 사람들이 쉴 때 함께 쉬지 못하게 되면서 휴일은 진작 포기했다. 그래도 손님들이 놀러갔다 온 이야기를 들려줄 때면 가슴이 뛰었다. 골든위크에는 사람들의 발길이 눈에 띄게 줄고 찻집 주변도 한가해진다. 그런 날은 커피 맛이 몹시 쓰다. 하루에 한두 번은 꼭 커피를 마시러 오는 A씨와 B씨도 벌써 여러 날 얼굴을 비추지 않았다. 새로운 메뉴라도 개발할 요량으로 요리책을 펼치는데 뜻밖의 손님이 찾아왔다. N이었다.

---

* 일본에서 4월 말부터 5월 초까지 공휴일이 모여 있는 황금연휴

"어쩐 일이야? 골든위크에 어디 간다고 하지 않았어?"

"그랬지. 그런데 산이든 바다든 어딜 가도 사람 구경만 실컷 하다 올 것 같아서 고민하다가 맘 접었어. 뭣보다 가게에 혼자 있을 네 생각을 하니까 걸음이 떨어져야 말이지. 오늘은 좀 일찍 정리하고 같이 저녁 먹으러 나가자, 어때?"

저녁 다섯 시에 가게 문을 닫고 N과 함께 밤거리로 나왔다. 항상 붐비던 레스토랑도 오늘은 사람이 별로 없어서 여유롭게 식사를 즐겼다. N 덕분에 골든위크가 주었던 울적함이 감쪽같이 사라졌다. 헛헛하던 마음에도 훈훈한 감정이 차올랐다. 식사를 마치고 레스토랑을 나와 거리를 걸었다. 어린 풀잎이 뿜어내는 짙은 향기가 바람결에 실려와 가슴이 뛰었다.

수국이 필 무렵

몸이 땀으로 흥건해지는 무더운 날씨에는 기분이 불안정하다. 여름은 문턱에서부터 늘 나를 우울하게 만든다. 이건 어쩌면 수국이 초여름에 피어나기 때문인지도 모른다.

그때도 그랬다. 초등학교 2, 3학년 때였던가. 엄마와 나, 동생 이렇게 셋이 함께 할아버지 댁에 가는 길이었다. 길게 이어진 외길을 따라 집들이 듬성듬성 떨어져 있었다. 아무리 걸어도 길은 끝이 보이지 않았다. 새로 사 입은 정장과 구두가 갑갑했다. 엄마는 줄곧 말이 없었다. 그런 엄마가 불안하고 몹시 신경이 쓰였다.

막 돌담을 지났을 때 한참 동안 침묵을 지키던 엄마가 드디어 말을 꺼냈다.

"조금만 쉬었다 가자."

우리가 앉은 곳에서 아래를 내려다보니 수국이 군락을 이루고 있었다. 연분홍, 보라, 파랑, 하양…… 색색의 꽃송이들이 호젓하게 피어 있었다. 수국을 보고서 '이렇게 무리지어 핀 꽃들도 외로움을 느낄까?' 하는 호기심을 가졌던 것이 어렴풋이 생각난다.

어른이 되고 깨달았다. 그때 내가 느낀 불안이 엄마의 울적하고 외로운 마음에서 비롯한 감정이라는 사실을. 그 '불안'이란 이름의 그림자는 훗날 내 삶에 이상한 영향을 미쳤다. 나는 해마다 이맘때면 우울증을 앓는다. 그런 나를 훤히 아는 N은 수국이 그려진 그림엽서를 내게 보냈다.

"이제 슬슬 우울증이 찾아올 시기구만. 그것도 너다운 모습이기는 하지만 너무 혼자 끙끙대면서 이겨내려고 하지는 마. '블루레인'에서 저녁마다 커피를 마시고 있을 테니까 나라도 괜찮다면 언제든지 전화해."

여름 바닷가

이제 막 여름 초입에 들어섰는데 연일 진저리나는 무더위가 이어졌다. 밤마다 찾아오는 열대야는 더 끔찍했다. 에어컨을 틀면 몸에 안 좋다고들 하지만 더위에 지쳐 잠 못 드는 밤이 거듭되니 어쩔 도리가 없었다. 수면부족 상태만은 막아야겠기에 그때부터 에어컨을 틀고 자기 시작했는데 그만 습관이 들고 말았다.

토요일 밤, 여전히 기승을 부리는 더위가 지긋지긋해 여름밤에 볼 만한 비디오를 빌리러 나갔다. 서핑을 다룬 영화를 빌려왔다. 제목은 〈빅 웨이브Big Wave〉. 푸른 파도가 너울대는 영상을 보고 있노라니 시원해 보이는 데다 나도 함께 파도를 타는 느낌이 들어 기분 전환이 됐다. 그때 전화가 울렸다. N이었다.

"지금 뭐 해?"

"널브러져 있지 뭐. 너무 더워서 바다가 나오는 비디오를 보는 중이야."

"그러지 말고 진짜 바다 보러 가자. 삼십 분 후에 그쪽으로 갈게."

서둘러 커피를 내려 보온병에 담았다. 달빛 아래 물결치는 해수면은 아름답고 잔잔하게 빛났다. 한밤중이 지난 터라 바다에서 시원한 바람이 불어왔다. 우리는 바위 위에 앉아 보온병에 담아온 뜨거운 커피를 마셨다.

"저기 반짝이는 저거, 야광충이야?"

"글쎄. 그냥 달빛이 반사된 거겠지."

전에도 둘이서 이런 대화를 나눈 기억이 났다. 그때는 겨울이었고 N과 내가 만나 얼마 지나지 않았을 무렵이었다. 우리는 둘 다 바다를 좋아한다는 사실을 알고 무척 기뻐했다. 지금도 그때처럼 둘이 나란히 앉아 희미하게 반짝이는 파도를 바라본다. 함께 있는 것만으로도 마음이 편안했다.

늘 앉던 자리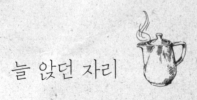

　무척 오랜만에 반창회 통지가 왔다. 찻집을 열고부터는 반창회에 한 번도 얼굴을 비추지 않았다. 워낙 바쁘기도 했거니와 반창회에 나가면 반 아이들 모두 결혼이다 임신이다 바뀐 근황을 주고받는데 오로지 나만 변화가 없어서 기분이 별로인 까닭도 있었다. 그런 내가 이번에는 무슨 바람이 불었는지 갑자기 생각이 바뀌었다. 한번 나가보고 싶었다. 나는 반창회가 열리는 저녁 일곱 시보다 한 시간 이르게 모교가 있는 동네에 도착했다.

　길가에 늘어선 가게들은 분위기가 놀랄 만큼 많이 달라졌다. 최근에 일어난 토지개발붐이 이런 학술도시까지 손길을 뻗었을 줄은 몰랐다. 주춧돌만 남은 가게도 있고, 라면집이 있던 자리에 3층짜리 중국음식점이 들어서 있기도 했다. 그러다 옆에 있는 찻

집을 발견했다. 순간 가슴이 찌르르 울렸다. 벽돌로 지은 단층집
과 벽을 뒤덮은 담쟁이덩굴. 모두 기억 속 그대로였다. 설레는 마
음을 가라앉히며 문을 열었다. 내부도 여전했다. 창가 쪽 탁자에
놓인 작은 스탠드에 불이 들어와 있었다. 그 모습을 보고서야 내
가 반창회에 오고 싶어진 까닭을 깨달았다.

　이 창가 자리에서 N과 처음으로 커피를 마셨다. 요즘 들어 N을
한참이나 만나지 못했다. 나는 반창회가 아니라 N과 함께 앉았던
이 자리에 오고 싶었던 것이다. N에게 전화를 하고서 우리가 늘
앉던 자리에 앉아 커피를 주문했다.

　뭐, 반창회에는 조금 늦어도 괜찮겠지.

초가을

어젯밤에 풀벌레 소리를 들었다. 태풍이 와서 닫아두었던 툇마루의 빈지문 너머에서 들려왔는데 어쩌면 방울벌레였는지도 모른다. 불현듯 여름 내내 돌보지 않았던 정원의 잡초를 뽑아야겠다는 생각이 들었다.

해가 뉘엿뉘엿 넘어갈 무렵에야 정원에 나갔다. 한동안 방치해뒀더니 수도 아래쪽 물이 흐르는 곳 주변에 토끼풀이 무성했다. 토끼풀 뿌리 부근에 손가락을 넣었다 뺐다 하며 30센티미터가량 자란 뿌리를 잡아당겨 뽑았다. 다시 손가락을 집어넣었다. 잔디 뿌리는 흙을 종횡으로 감싸므로 토끼풀이 그 위를 짓누르듯 뿌리내렸을 것이다.

뿌리가 잘리지 않게 주의하며 더듬더듬 따라가 보니 절로 입이 떡 벌어졌다. 토끼풀이 잔디 사이사이를 누비고 있었다. 저 앞쪽까지 빽빽하게. 대여섯 정도면 그나마 나으련만 그 수가 오륙십에 이르니 잔디는 숨구멍이 콱 막혔을 것이다. 토끼풀을 뽑아내자 새하얗게 마른 땅이 드러났다. 연둣빛 잔디밭에 원형탈모증이 생겼다. 왠지 인간사회의 축소판을 보는 듯하여 엄숙한 기분마저 들었다. 잔디는 우리들이다. 그럼 "날 좀 보소." 하며 눈길을 끄는 토끼풀은 누구일까.

한 시간쯤 일했더니 허리고 손가락이고 성한 구석이 하나도 없었다. 작업을 멈추고 테라스에 앉아 커피를 한 모금 마시다 문득 하늘을 올려다봤다. 백일홍 꽃 위에 고추잠자리가 무리지어 빙빙 날고 있었다. 잠자리 떼가 눈높이까지 내려오면 머지않아 가을이 오겠지. 오늘 내가 겪은 일을 N에게 들려줘야겠다.

루나 볼트

별 탈 없이 여름을 나는구나 싶었는데 섣부른 생각이었다. 여름 끝자락에 느닷없이 감기 기운이 스멀스멀 기어올라 나를 덮쳤다. 감기에 걸린 우중충한 날들이 이어졌다.

"재밌는 얘기 하나 해줄까?"

출장에서 돌아온 N이 얼굴을 들이밀며 우울해하는 나를 빤히 바라봤다.

"요코하마에 갔을 때 특이한 커피를 발견했어."

"뭐야, 난 또 무슨 감기 낫게 해주는 얘기라고."

"좀 들어봐. 이건 감기에 잘 듣는 커피 얘기야."

"그런 커피가 있어?"

"계란주 알지?"

"계란 넣은 술 말이지? 마시면 감기가 낫는다는."

"응, 그거. 근데 요코하마에 가니까 계란이 든 커피가 있더라. 나도 마셔봤어."

도무지 믿기지 않는 이야기였다. 머그잔처럼 주둥이가 넓고 깊이가 얕은 컵에 커피를 붓고 그 가운데 노른자를 빠뜨린다고 한다.

"커피 이름은 루나 볼트. 항구의 달이라는 뜻이라나. 그걸 시키면 먼저 남자 종업원이 테이블에 잔을 가져와서 안에 든 노른자를 보여줘. 그리고 기다란 금색 스푼으로 커피를 젓지. 블랙커피가 황토색으로 변하면 종업원이 '보름달이 구름 뒤에 숨었습니다.'라는 말을 남기고 가버리더라고."

속는 셈 치고 만들어 마셔보았다. 노른자가 컵 밑바닥에 가라앉아 어두운 밤의 항구가 되기는 했어도 맛은 꽤 좋았다. 그 커피가 정말로 감기에 영향을 미쳤던 걸까. 거짓말처럼 감기가 똑 떨어졌다.

새로운 내일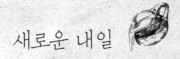

"우리 새해 첫 해돋이 보러 가자."

N이 불쑥 이런 제안을 했다. 둘이서 한창 송년회를 하던 중이었다. 마침 연말 근무가 같은 날 끝나서 일을 마치고 함께 저녁을 먹었다. 식사를 한 뒤에는 호텔 스카이라운지 바로 자리를 옮겨 네온사인이 깜빡이는 밤거리를 내려다보며 건배했다. 정월은 항상 각자 가족과 함께 보내온 터라 둘이서 오붓하게 보낸 적이 한번도 없었다. 나는 귀성길에 탈 기차표를 가까스로 예매했고 선물도 특급배송으로 보내두었다. N의 제안은 너무 급작스러웠다.

"너 지금 술 마시고 괜히 나 놀리는 거지?"

"이런 얘길 누가 농담으로 하냐. 네 얼굴 보니까 갑자기 그러면 좋겠다 싶어서. 둘만의 추억을 쌓고 싶어."

우리는 함께 제야의 종소리를 들으러 갔다. 일 년간 쟁여둔 이
야기보따리를 푸느라 밤새 이야기꽃을 피웠다. 이야기가 꼬리에
꼬리를 물어서 우리는 졸릴 틈도 없었다. 차 안에서 커피를 데워
마셨다. 작은 카페처럼 차 안에 커피 향이 가득했다.

우리는 동쪽을 향해 달렸다. 둘이 함께 아침 해를 본다는 기대
에 부풀었다. 어제까지의 일상이 아주 오래 전 일처럼 느껴졌다.
나는 곧 밝아올 내일과 새해를 피부로 느끼며 마음이 푸근해졌다.
동쪽 하늘이 서서히 밝아지더니 부드러운 햇살이 조금씩 우리를
감쌌다.

모차르트를 들으며

줄은 골목길 끝에 다다라 작은 문을 열고 들어선다. '브람스의 집'. 이곳은 우연히 방문한 가게다. 하늘이 더없이 높고 푸르러 산책하기에 안성맞춤인 계절이었다. 꽉 막힌 도로가 주차장을 방불케 할 만큼 교통체증이 극심했던 그날, 내가 탄 버스는 오도 가도 못하고 도로 한복판에 발이 묶였다. 나는 모처럼 일이 일찍 끝나서 해가 떨어질 때까지는 여유가 있었다. 집에 빨리 들어가야 할 이유도 없었으므로 아예 저녁을 해결하고 갈 요량으로 가까운 버스 정류장에 내렸다.

양옆으로 작은 가게들이 즐비한 그 길을 처음 걸을 땐 발을 잘못 들여 낯선 세상에 들어섰다는 착각이 들었다. 나는 천천히 걸었다. 저 멀리 문이 하나 보였다. 무슨 가게의 문인지 호기심이 생겼다. 무언가에 홀린 사람처럼 오래된 문을 밀자 삐걱거리는 소리가 났다. 어쩐지 소리가 낯익어서 어리둥절했다. 가게 안은 휑뎅그렁했다. 테이블에서 커피를 마시는 손님이 몇 명 있고 카운터 테이블 자리에 앉은 손님도 한 명 있었다. 들어가야 하나 돌아서야 하나 머뭇거리고 있자니 주인장이 다가왔다.

"어서 오십시오. 원하시는 자리에 앉으세요."

돌아설 타이밍을 놓친 나는 가장 안쪽 창가 자리에 앉아 모카 커피를 주문했다. 주변을 둘러보니 가게 영업허가증이 보였다. 그곳에 적힌 주인장의 성은 가쓰라기, 나이는 마흔두 살이었다.

창문 너머로 내다보이는 전망이 운치 있었다. 뒷마당에는 작은 정원이 있고 반대편으로 낡은 양옥집 한 채가 보였다. 양옥집 창문에 사람 그림자가 드리우더니 이내 창문이 닫혔다. 누군가가 몰래 나를 지켜볼지도 모른다고 상상하니 마음이 편치 않았다. 잡생각을 떨치려 가방에서 읽다 만 책을 꺼냈다.

어제 서점에서 구입한 여행 에세이집이었다. 먼 나라에 직접 다녀온 사람이 전하는 생생한 풍경묘사가 순식간에 시선을 사로잡았다. 심취해 읽다 보니 내 영혼이 여행지로 날아가 저자와 함께 서 있는 듯한 기분마저 들었다.

저자는 어느 시가지의 호텔에서 체크인을 하고 산책을 하러 밖에 나온다. 뒷골목에 있는 조그만 찻집에 들어가 오늘의 나처럼 커피를 주문한다. 그는 커피가 나오기를 기다리며 헤어진 옛 애인에게 편지를 쓰기 시작한다. 어디에나 있을 법한 친숙한 풍경이 내 마음 깊숙한 곳에 와 닿아 나를 한 번도 가본 적 없는 그 마을에 데려다 놓았다.

잠시 후 가쓰라기 씨가 커피를 가져다주었다. 한 모금 마신 순간 나는 '앗' 하고 소리를 지를 뻔했다. 내 혀가 이 커피 맛을 기억하고 있었다. 다시 찻집 안을 찬찬히 살펴보았다. 가게 구조며 흘러나오는 음악이 하나같이 친숙했다. 이 가게는 내가 한때 매일같이 들락대던 K마을의 찻집 '사강의 집'과 꼭 닮아 있었다.

K마을은 실의에 빠져 허우적거리던 나를 구해준 마을이었다. 결코 잊지 못할 마을. 그 마을에 발을 들인 것도 우연이었다.

회사에서 돌아가는 길이었다. 화랑 앞을 지나다가 간판에 이끌려 안으로 들어갔다. '시작, 그리고 끝'이라는 전시회 이름이 조금 의아했던 사진전이었다.

불이 들어온 카페 간판을 찍은 모노크롬 사진이 벽에 걸려 있었다. 나는 작은 사진 한 장과 파란 액자를 샀다. 사진작가는 말씨와 태도가 매우 상냥한 사람이었다. 그는 달랑 사진 한 장을 산 내게 정중하게 인사했다. 나는 사진 속 카페 간판을 어디에서 찍었느냐고 물어보았다.

그는 나도 아는 K마을에 대해 이야기했다.

"역에서 바다로 곧장 뻗은 길이 하나 있습니다. 그 길을 따라 쉬지 않고 걷다 보면 주변에 집이고 뭐고 아무것도 없는 공터가 나와요. 거기서 언덕길을 조금만 오르면 찻집이 하나 나오고요. 제가 사진을 찍을 때는 이미 해가 많이 기울어 있었습니다. 간판을 찍고 나서 가게에 들어갔더니 마침 창문 너머로 바다가 해를 집어삼키는 모습이 보이더군요. 이번 전시회에서는 공개하지 않았지만 해가 바다에 잠기는 과정도 촬영했습니다. 황홀하리만치 멋진 황혼녘이라 한동안 그 광경에 마음을 빼앗겨 헤어나지 못했죠."

사진작가는 처음 보는 내게 이런저런 이야기를 들려주었다.

그의 이야기에 푹 빠져든 나는 무슨 수를 써서라도 그 찻집에 가보겠다고 다짐했다. 그 무렵 나는 거듭된 실패에 지친 상태였다. 그대로 있다가는 회사에서 버티기도 힘들고 애인도 나를 떠나갈 것 같은 위태로운 나날이었다.

　나는 사진작가에게 감사 인사를 한 뒤 사진을 챙겨들고 집으로 돌아왔다. 집이라고 해도 그럴싸한 집은 아니고 당시 다달이 받던 급료로 겨우 월세를 내고 지내던 원룸이었다.

　그 원룸은 14층에 있었는데 다른 무엇보다 전망이 마음에 들었다. 창가에 서면 창밖으로 바다가 펼쳐졌다. 근처 빌딩 유리창에 석양이 비치면 빛이 반사되어 내 방 창문까지 붉게 물들었는데 일찍 귀가한 날이면 커튼을 열고 석양이 벽에 드리우는 빛깔을 바라보곤 했다.

　나는 그 카페 간판 사진을 석양빛이 닿는 벽에 걸었다. 그날부터 날마다 틈만 나면 그 사진을 바라보며 지냈다. 시간이 갈수록 그 간판이 친근하게 느껴졌다. 사진을 보고 있노라면 커피 향마저 솔솔 풍겨오는 듯했다.

　집과 회사는 걸어서 25분 거리였다. 날씨가 좋은 날에는 될 수 있는 한 경치가 좋은 길을 골라 걸었다. 그 일을 시작한지도 어언 육 년. 단순한 데이터 작성 업무였으나 몸보다 눈과 머리가 쉬이

지쳤다. 책상 앞에 가만히 앉아 더운 여름과 추운 겨울을 빌딩 안에서 나는 편하고 좋은 직업처럼 보일지도 모르지만 실제로 책상 머리에만 붙어 앉아 있으면 일을 하다 말고 넋을 놓기 일쑤다. 아무런 자극도 없는 탓이다. 그럴 때마다 나는 '이 일은 나 말고도 할 사람이 쌔고 쌨다, 내일 내가 사라져도 세상은 아무 일 없이 돌아간다, 이만큼 괴롭고 슬픈 일이 또 어디 있겠는가.' 하는 생각을 되풀이했다.

남자친구와의 관계는 더욱 심각했다. 그는 입사하고 얼마 지나지 않아 사귄 남자였는데 사이가 원만하지 못했다. 어찌어찌 결혼한다 하더라도 결혼생활이 평탄하지 않을 터였다. 게다가 그는 갑자기 일에 재미를 붙여서는 만날 때마다 귀에 딱지가 앉도록 일 얘기만 해댔다. 나는 홀로 지내는 단조로운 일상생활에 물린 나머지 그저 자극제로서 그가 필요했다. 함께 있어도 눈곱만큼도 즐겁지 않고 얼른 집에 들어가서 드라마 속편을 보고 싶다는 생각만 했다. 우리 관계는 이미 오래 전에 끝난 것이나 다름없었다. 보아하니 그에게는 새 애인이 생긴 눈치였다. 내가 모르는 가게 이름을 언급하고는 입이 덜 풀려서 길못 말했냐고 얼버무렸다. 나는 그런 그를 나무랄 마음조차 들지 않았다. 기어이 그와 담판을 지을 때가 다가왔다.

그 후로 한 달이 지난 어느 가을날, 오래 사귀었던 그가 어색한 이별 통보를 해온 다음 날이었다. 나는 퇴근하면서 회사 책상 위에 사표를 두고 나왔다. 그길로 야간버스를 타고 K마을로 떠났다. 내가 K마을 버스터미널에 도착한 건 이튿날 아침이었다. 숙소 예약도 하지 않고 무턱대고 떠난 여행이었다. 버스터미널 안내소에 문의하니 평일이라서 숙박은 어디서든 가능하다고 했다.

안내소 직원은 '호랑가시나무'라는 여관에 전화를 걸어 방을 잡아주었다. 규모는 작아도 여주인이 혼자서 바지런히 운영하는 곳이라고 했다.

"분명 젊은 아가씨 마음에 쏙 들 거예요. 작은 여관이긴 해도 그럭저럭 깔끔하고 여주인이 만든 가정식도 일품이거든요. 보통은 오후 세 시부터 체크인인데 오늘은 지금 바로 가도 괜찮아요. 짐도 숙소에 맡기시고요."

정말이지 친절하기 그지없는 직원이었다. 버스터미널에서 걸어서 십 분 거리에 있는 그 여관은 과연 들은 대로 조촐하고 아담했다. 현관 주변에는 가을꽃이 피어 있었다. 내가 문을 열고 들어가자 여주인이 버선발로 마중을 나왔다. 그녀의 부드러운 미소에 마음이 놓였다.

"작은 여관이라 부족한 점이 많지만 부디 편히 쉬었다 가세요. 외출할 때는 짐을 맡기시고요."

"감사합니다. 저어, 그런데 제가 야간버스를 타고 와서요. 먼저 개운하게 씻고 나서 외출하고 싶은데 괜찮을까요?"

"그럼요. 당연하지요. 목욕은 저희 온천을 이용하세요. 온천은 언제든 열려 있으니까요. 우선 방부터 안내해드릴게요. 모쪼록 편하게 지내세요."

온천에 들어갔다 나오니 기분이 상쾌했다. 평상복으로 갈아입고 발걸음도 산뜻하게 밖으로 나갔다. 절로 미소가 우러나는 청명한 가을 풍경이 눈앞에 펼쳐졌다. 도보 이십 분 거리에 있다는 역까지 설렁설렁 걸었다. 서두를 필요는 없었다. 난 이미 자유였으니까. 역에 도착하니 사진가가 말한 대로 남쪽으로 쭉 뻗은 길이 있었다. 얼마나 걸었을까. 주변에 보이던 빛들이 하나둘 사라지고 조금 높은 언덕 끝에 아담한 이층집이 보였다. 거기가 바로 '사강의 집'이었다. 찻집이 사진 속 모습과 똑같아서 처음 봤는데도 전혀 낯설지 않았다.

문을 열자 스무 석 남짓 자리가 있었는데 거의 만석이었다.

"어서 오세요!"라고 인사하는 활기찬 목소리가 들렸다. 그게 리사 씨와의 첫 만남이었다. 리사 씨는 40대 중반의 키가 훤칠한 여성 이었다. 주름이 잡힌 하얀 마 블라우스와 물 빠진 청바지가 썩 잘 어울렸다. 카운터 테이블 가장 구석 자리가 비어 있기에 거기 앉 아 모카커피를 주문했다.

"어머나, 다른 지역에서 오셨나 봐요? 이 동네 같은 시골에서 는 모카커피를 주문하는 사람이 드물거든요. 후후, 잠깐만 기다려 주세요. 둘이 먹다 하나가 죽어도 모를 만큼 맛있는 모카를 내려 줄게요."

기쁜 목소리로 주문을 받은 리사 씨가 가게 안쪽으로 총총 사 라졌다.

리사 씨는 말하는 속도가 적절하고 음색이 밝아서 누구든 마 음을 터놓고 싶게 하는 분위기를 자아냈다. 목소리의 울림 또한 시원시원했다. 잠시 후 리사 씨가 카운터 테이블에서 능숙한 손놀 림으로 커피를 내려주었다. 내가 사는 동네에는 그처럼 커피를 정 성 들여 내려주는 찻집이 드물었다.

가쓰라기 씨가 내려준 커피 맛은 그 리사 씨가 내려준 커피 맛과 똑같았다. 나는 창가에서 황혼에 물든 하늘빛을 바라봤다. K마을의 해 질 녘 하늘과 서서히 색을 바꿔 입던 바다가 떠올랐다.

이윽고 가게 안에도 땅거미가 내려앉았다. 주위를 둘러보니 딱 한 명 있던 사람마저 어느 틈엔가 사라져서 남아 있는 손님은 나 하나뿐이었다. 가쓰라기 씨가 창가 테이블마다 조명을 놓으며 돌아다녔다. 조그만 알코올램프를 사용하는 조명이었다. 가게 안을 누비는 가쓰라기 씨의 모습이 그림자 속의 한 그림자 같았다. 환상적인 그 정경이 묘하게 안정감을 주었고 나는 평온한 기분으로 찻집을 나섰다.

저녁식사를 해야겠다는 생각도 가신 참이라 마침 정류장에 선 버스에 곧장 몸을 실었다. 집 근처 버스정류장에 내려서 가까운 가게에 들렀다. 갓 만든 주전부리를 사 들고 집에 돌아와 저녁 대신 먹었다.

벽에 걸린 사진 속 '사강의 집' 문을 다시 한 번 열고 싶었다. 리사 씨 얼굴이 자꾸만 눈앞에 어른거렸다.

나는 주말이면 버스를 타고 '브람스의 집'을 방문했다. 어느덧 계절이 지나 겨울이 찾아왔다. 싸라기눈이 섞인 비가 내리기 시작하더니 토요일까지도 그치지 않았다.

도통 멈출 기미가 없는 비에 망설이기도 잠시, 나는 돌아온 주말에도 '브람스의 집'으로 발걸음을 옮겼다.

가로수에서 떨어진 낙엽이 보도에 찰싹 들러붙어서 밟을 때마다 구두 밑에서 버석거렸다. 예상한 대로 찻집 안은 사람들로 북적였다. 오늘처럼 추운 날에는 누구라도 따뜻한 찻집에서 커피를 마시고 싶은 법이다. 아무리 그래도 밤늦은 시각에 문을 열고 들어오는 손님은 없었다.

마지막에 혼자 남은 나는 그전부터 궁금했다는 말투로 가쓰라기 씨에게 물었다.

"혹시 K마을 아세요?"

"K마을이요? 예, 알긴 압니다만 그건 왜 물으시죠?"

"제가 예전에 K마을에 있는 '사강의 집'이라는 찻집을 간 적이 있거든요. 여기 분위기가 그곳과 많이 닮아서요. 모카커피의 맛과 향도요."

순간 가쓰라기 씨 얼굴에 어떤 말로도 표현하지 못할 괴로운 빛이 스쳤다. 가쓰라기 씨는 아무런 대꾸도 없이 카운터 테이블 안으로 모습을 감췄다.

조용하던 찻집 안에 마음을 울리는 음악이 울려 퍼졌다.

나는 단번에 알아차렸다. 모차르트의 레퀴엠. 음악 선곡조차 '사강의 집'과 똑같다.

가쓰라기 씨가 커피 잔을 들고 나타났다.

"모카 한 잔 더 드시겠습니까?"

"고맙습니다."

"방금 그 말씀이 맞습니다. 여기는 '사강의 집'을 떠올리며 만든 가게입니다. 그러니 닮은 게 당연하지요. 이 모카의 맛을 내기까지 삼 개월이란 시간이 걸렸습니다. 지금이야 별 어려움 없이 같은 맛을 낼 수 있지만요."

가쓰라기 씨는 커피 잔을 손으로 감쌌다.

"잠깐 카운터 테이블 안쪽으로 좀 들어오시겠어요?"

이렇게 시작된 가쓰라기 씨의 이야기는 다소 긴장된 공기 속에서 펼쳐졌다. 마치 오랫동안 찾아 헤매던 보석 상자를 여는 중요한 열쇠를 발견한 듯한 분위기에 나도 덩달아 긴장이 됐다.

벌써 오 년도 더 지난 일입니다. 저는 토목 공사 설계사였습니다. 다리 공사 도급을 맡은 기업이 의뢰를 해와서 제가 다리 설계를 했죠.

설계와 함께 해당 공사의 관리도 부탁받아서 공사 기간 내내 K마을에서 지냈지요. 마침 빈 별채가 하나 있어서 그곳에 머물며 공사현장을 다녔습니다. 그러다가 어느 날 우연히 들른 곳이 '사강의 집'입니다.

막 개업한 그 찻집은 분위기가 무척 편안했습니다. 이루 다 말할 수 없을 정도로요. 커피 맛도 기가 막혀서 날마다 일을 마치고 나면 허겁지겁 저녁을 해치우고 곧장 가게로 달려갔어요. 말 그대로 날마다요.

저는 항상 창가 자리에 앉아 커피를 주문했습니다. 그곳에서는 늘 모차르트 음악이 흘러나왔는데 음악이 레퀴엠으로 바뀌면 문을 닫는다는 신호였습니다. 가게가 꽉 차는 경우는 좀처럼 없었기 때문에 눈치를 보면서 일찍 자리를 뜨지 않아도 괜찮았어요.

날마다 찻집에 들른 지 삼 개월쯤 지났을 무렵이었습니다. 음악이 레퀴엠으로 넘어가기가 무섭게 가게 전화벨이 울렸습니다. 그날은 저녁부터 비가 내려서 날이 갑자기 추워지는 바람에 손님들 발길이 뜸했어요. 문 닫는 시간까지 남아 있던 사람은 저뿐이었지요.

저는 창문을 타고 흐르는 빗물을 하염없이 바라보고 있었습니다.

문득 정신을 차리니 리사 씨가 카운터 테이블 안에서 어깨를 떨고 있더군요. 수화기를 손에 쥔 채 소리 없이 흐느끼고 있었습니다. 레퀴엠이 끝나도 리사 씨는 울음을 멈추지 않았습니다.

분위기를 탔던 걸까요. 저는 자리에서 일어나 그녀의 어깨를 안아주었습니다. 어쩌면 그 순간을 기다려왔는지도 모르겠습니다. 이제 와서 생각하면 아무려면 어떤가 싶지만요.

리사 씨는 조금 놀란 눈치였지만 곧 제 가슴에 가만히 얼굴을 묻고 울었습니다. 지금도 또렷이 기억납니다. 몸을 가누지 못할 정도로 계속 흐느껴 울던 리사 씨의 몸은 가슴이 미어질 만큼 가냘프고 따뜻했어요. 제가 느끼기에는 제법 오래 그러고 있었던 것 같은데 실제로는 십 분 정도였을지도 모릅니다.

리사 씨가 눈물에 젖은 얼굴을 들며 말했습니다.

"고맙습니다. 이제 괜찮아요. 시간 괜찮으시면 커피를 한 잔 더 내올게요."

리사 씨는 카운터 테이블 안으로 들어가 그때까지 본 적 없는 커피 잔을 들고 나오더니 눈앞에서 커피를 내려주었습니다. 커피 잔 빛깔이 무척 고와서 어디서 난 잔이냐고 물었습니다.

"터키요. 왜 터키블루라는 색이 있잖아요. 이게 그 색이에요. 터키의 바다 빛깔은 정말 아름다워요. 터키블루색 그릇을 굽고 싶어서

집념을 불태우던 사람이 있었는데, 이건 그 사람이 드디어 색이 제대로 나왔다면서 보내준 거예요. 왠지 쓰기 아까워서 그동안 계속 보관해두기만 했지요."

터키블루색 커피 잔에 담긴 커피는 투명한 호박색을 띠어 대단히 아름다웠습니다. 게다가 이제껏 제가 마셨던 그 어떤 커피보다 맛이 있었죠.

어느 틈엔가 음악도 바뀌어 있었습니다. 리사 씨가 브람스 교향곡 3번 3악장이라고 말해주더군요. 어째서 모차르트가 아니라 브람스였을까, 그때는 속으로만 궁금해하고 말았는데 나중에 알고 보니 그 음악에는 의미가 있었습니다.

리사 씨는 제게 커피 잔에 얽힌 이야기를 들려주었습니다.

"실은 이 잔을 보내준 사람이 죽었어요. 한 달도 더 전에요. 아까 받은 전화는 그의 어머니가 거신 전화예요. 저는 터키에서 만나 사랑했던 그 사람과 언젠가 일본에서 함께 살자고 약속했었어요. 그날이 가까워올수록 점점 마음이 들떴죠. 솔직히 말하면 오랫동안 못 만난 날들을 생각하며 하루하루 불안을 키우기도 했어요. 오기로 한 날이 훌쩍 지났는데도 아무 연락이 없어서 어쩌나 걱정을 했는지 몰라요. 그런데 그 사람, 이미 몰래 일본에 돌아와 있었대요. 난치병을 치료하며 수척해진 모습을 제게 보이기 싫었던 거겠죠. 병이 빠르게 악화되는 바람에 귀국하고 삼 개월도 안 되어 숨을 거뒀다는군요. 어머니께서 유품 정리를 하다가 그가 제 앞으로 쓴 편지를 보셨나 봐요. 가게 주소가 쓰여 있어서 전화번호를 수소문해 연락하셨다고⋯⋯."

이야기를 끝마친 리사 씨는 어딘가에 마음을 두고 온 사람처럼 눈에 초점을 잃고 서 있었습니다. 제 눈에는 그 모습이 평소보다 더욱 아름답게 보였습니다.

"그가 제게 쓴 편지에는 사과의 말이 구구절절 적혀 있었대요. 이제 만나지 못하겠지만 슬퍼 말아라, 짧은 시간이었지만 행복했다, 날 잊고 행복했으면 좋겠다, 하는 그런 말들이요."

푸른 커피 잔은 리사 씨가 터키에서 만났다는 그 분이 직접 구운 잔이었습니다. 리사 씨를 떠올리며 온 정성을 쏟아 구웠겠죠. 그 잔은 리사 씨에 대한 오마주이고, 깊은 바다처럼 푸른 빛깔은 리사 씨를 향한 깊고 깊은 사랑을 표현한 거라고 생각합니다. 그 뒤에 감춰진 원통함과 쓸쓸한 심정은 상상을 초월할 테지요. 두 사람 사이에 제가 낄 자리는 없었어요.

가쓰라기 씨는 이야기를 마치고 먼 곳을 응시했다.

이야기를 듣는 내내 지난가을에 처음 만난 리사 씨의 부드러운 미소가 떠올랐다. 나는 그녀가 그런 일을 겪은 줄도 모르고 내가 힘들었던 이야기만 주구장창 했다. 그녀는 내 이야기를 곧잘 들어주며 꼭 맞장구를 쳐주었다.

"그랬구나, 힘들었겠다."

나는 하루가 멀다 하고 '사강의 집'에 얼굴도장을 찍었다. 문을 열고 들어갔는데 손님이 나 하나뿐이면 곧장 이야기를 꺼내기도 했다.

내 얘기를 들은 리사 씨는 "저런, 슬펐겠네."라든가 "아니야. 당신처럼 멋진 아가씨는 꼭 그 사람보다 훨씬 좋은 사람을 만날 거야."라는 위로의 말을 들려주었다. 그렇게 한바탕 털어놓고 나면 어깨를 짓누르던 짐을 내려놓은 듯 몸이 가벼워지는 느낌이었다. 리사 씨처럼 내 이야기를 잘 들어주는 사람은 처음이었다. 나는 내 멋대로 그녀에게 마음껏 어리광을 부렸다.

나는 리사 씨의 친절에 기대어 가게 주인도 아니면서 날마다 '사강의 집'에 틀어박혔다. 손님이 가득 차 바쁠 때는 종업원을 자청해 커피를 날랐다. 하루는 리사 씨에게 한 가지 제안을 하기도 했다. 점심에는 런치, 저녁에는 술을 내면 매상이 더 오를 거라고 말이다.

"그것도 괜찮긴 한데 난 지금 이대로가 좋아. 나는 찻집은 찻집다운 게 좋더라. 돈은 먹고 살 만큼만 벌면 되고."

리사 씨의 대답을 들은 나는 괜히 입을 놀렸다고 후회했다. 그런 나를 리사 씨는 싫은 내색 하나 없이 있는 그대로 인정해 주었다.

K마을에 머문 지 2주가 지났을 무렵에는 싱숭생숭하던 마음도 많이 가라앉았다. K마을에서의 마지막 밤. 나는 리사 씨에게 팽개쳐두고 온 원룸으로 내일 돌아간다고 알리며 2주일간 묵혀두었던 궁금증을 끄집어냈다. '사강의 집'이란 찻집 이름은 어디서 유래했느냐고 묻자 그녀는 이렇게 답했다.

"단순해. 나는 프랑수아즈 사강이 좋아. 그래서 어릴 때는 늘 그녀의 소설책을 끼고 다녔고, 프랑스라는 나라는 내 동경의 대상이었어. 처음 프랑스 땅에 발을 디뎠을 때 얼마나 기뻤는지 몰라, 두 번째 방문했을 때는 디기 서부에 있는 이스탄불에도 갔지. 참 근사한 곳이더라. 그대로 눌러앉고 싶을 만큼 말이야. 난 거기서 터키블루색 커피 잔을 굽고 싶어 하는 사람을 만났어. 그는 터키에 살았는데 진짜 터키블루색을 내려고 날이면 날마다 잔을 구웠지. 우리는 바로 사랑에 빠졌단다. 그런데 그 사람과 동거를 시작하고 얼마 지나지 않아 일본에 계신 아버지가 쓰러지셨고 나는 서둘러 일본으로 돌아왔어. 그 후 아버지가 돌아가셨지. 쇠약해진 어머니를 혼자 두고는 일본을 떠날 수가 없었어. '사강의 집'도 원래는 어머니의 쓸쓸함을 달래드리려고 열었던 건데 얼마 안 가 어머니도 쓰러지셨어. 치료 기간이 길어지면서 내가 '사강의 집'을 운영하게 된 거고. 작년에는 어머니마저 돌아가시고 말았지. 터키에 한 번 더 가고 싶었지만 도저히 갈 여건이 아니었어. 그때부터 쭉 이 가게를 운영해왔어."

그날 밤은 리사 씨와 내 역할이 바뀌어서 그녀가 이야기꾼이었다. 나는 청자로서 리사 씨의 이야기에 집중했다. 지금 생각해도 그때 그녀는 조금 이상했다.

"그리고 있지, 나는 평생 스스로를 용서하지 못할 일을 저질렀단다. 혹시 사강 소설 읽어본 적 있니?"

"네.《슬픔이여 안녕》만요."

"그렇구나. 그 책 말고《브람스를 좋아하세요?》라는 책이 있

어. 〈이수離愁*〉라는 제목의 영화로 만들어지기도 했지. 주인공이
연하의 남자에게 사랑을 받으면서도 그 사랑을 온전히 믿지 못해
남자를 괴롭게 하는 내용인데 주인공은 오래 만나온 연상의 남자
와 만나는 걸 진부하게 여기기도 하지. 영화 속 여주인공은 잉그
리드 버그만이고 연상의 남자는 이브 몽탕, 연하의 남자는 앤서니
퍼킨스가 연기했어. 나는 이 영화를 비디오에 녹화해서 몇 번이고
돌려봤어."

나도 그 영화가 보고 싶어졌다. 일단은 리사 씨의 이야기에 계
속 귀를 기울였다.

"나중에 돌이켜보니 여주인공의 상황이 내가 처한 상황과 아
주 똑같더라고. 나는 그가 병에 걸려서 힘들어하는 줄도 모르고
가게 일을 놓지 못했어. 마음 한구석에서는 매일 나를 찾아오는
젊은 남자에게 관심이 갔고. 아마 날마다 내 마음이 조금씩 움직
였나 봐. 그 사람이 죽었다는 소식을 듣고도 다른 남자에게 눈길
을 준 내가 용서되지 않았어. 나는 그의 마음을 잘 알면서도 더는
찾아오지 말라고 했어. 망설이다가 결국 두 남자 모두에게 상처를

* 원제는 〈Goodbye Again〉. 브람스 교향곡 3번 3악장이 영화의 주제곡이다.

준 거지."

리사 씨는 내 손을 붙들고 말을 이었다.

"당신도 망설이고 있지? 그래도 상대를 너무 오래 기다리게 해선 안 돼. 보고 싶은 사람이 있을 때 그가 오기만을 기다려서도 안 돼. 나는 기회가 얼마든지 있었는데도 터키에 그를 만나러 가지 않았어. 떠나간 젊은 남자에게도 조금만 기다려 달라고 부탁할 기회도 있었는데 그러지 못했지. 난 두 가지 기회를 다 놓쳤어. 그래서 이렇게 혼자 사는 거야. 쓸쓸하긴 해도 다 인과응보라고 생각해."

내게 이야기를 털어놓은 리사 씨는 영화의 주제곡인 브람스 교향곡을 틀어주었다.

"이 곡을 들으면 괴로워. 그래서 웬만하면 안 트는데 오늘은 마지막 날이니까."

가쓰라기 씨는 내 이야기를 가만히 듣고만 있었다. 그의 얼굴에 깊은 슬픔이 서려 있었다. 리사 씨가 말한 젊은 남자는 가쓰라기 씨였다. 그의 슬픔이 얼마나 클지 짐작이 갔다.

일주일 뒤에 '브람스의 집'을 찾으니 개인적인 사정으로 잠시

쉰다는 푯말이 걸려 있었다. 나는 가쓰라기 씨가 리사 씨를 만나러 갔으리라고 확신했다.

한동안 좌불안석하며 시간을 보냈다. 나는 사강의 소설《브람스를 좋아하세요?》를 읽고, 영화 〈이수〉 DVD를 여러 번 되풀이해 보았다.

한 달 뒤 다시 찾아갔을 때는 가게 문이 열려 있었다. 안으로 들어가니 가쓰라기 씨는 아무런 설명도 하지 않고 그저 묵묵히 커피를 내렸다.

"오늘부로 가게를 닫으려고 합니다. 커피 값은 제가 내죠. 당신 덕분에 결심이 섰거든요."

"K마을에 가서 리사 씨를 만나셨나요?"

"네. 제가 잘못 생각했어요. 그때 그렇게 쉽게 포기하는 게 아니었는데. 그녀가 울던 밤 이후 내가 가게를 찾아가도 그녀는 웃지 않았습니다. 사무적으로 커피만 내려주고는 입을 꾹 다물었죠. 태도가 돌변한 까닭이 뭔지 궁금해 미칠 지경이었지만 그러는 사이 공사가 끝나 본사로 돌아갈 날이 디가왔어요. 서는 리사 씨를 만나러 갔습니다. 본사에 돌아가 사표를 내고 K마을에 남겠다는 결심을 하고서요."

가쓰라기 씨 이야기가 열의를 띠었다.

"그녀는 저를 거절했습니다. 이러지 말라고, 자기는 얼마 전에 애인을 잃어서 다른 사람의 마음을 받아줄 여유가 없다, 당신은 나이가 너무 어리지 않느냐…… 별의별 이유를 다 붙여가며 뿌리 쳤지요. 그녀 말대로 저는 그때 너무 어렸어요. 리사 씨의 말을 곧 이곧대로 받아들이고 맥없이 본사로 발길을 돌렸죠. 그리고 다시 새로운 공사현장에 나갔습니다. '사강의 집'도 두 번 다시 찾지 않았지요. 용기가 안 났거든요. 또 거절당할까 봐 두려웠습니다."

어룽거리는 등불을 사이에 두고 가쓰라기 씨가 정성 들여 원두를 갈았다. 조용한 카페 안에 원두 갈리는 소리가 퍼져 나갔다.

"눈에서 멀어지면 마음에서도 멀어지는 법이라던데 저는 아니었어요. 회사를 관두고 '사강의 집'을 떠올리면서 똑같은 찻집을 차렸습니다. 아쉽게도 여기는 바닷가가 아니라 창밖으로 바다가 보이지는 않지만요."

바다가 보이지 않는다고 말하는 가쓰라기 씨의 눈은 바다를 바라보는 것처럼 아련했다.

"저는 제 나름대로 그녀에게 한 걸음씩 다가갔던 겁니다. 비슷한 카페를 연다고 가까워질 리도 없는데 말이죠. 그런데 당신이 나타났습니다. '사강의 집'의 추억을 가지고서요."

가쓰라기 씨가 커피를 한 잔 더 내려주었다.

"리사 씨 이야기를 듣고 가슴이 벅차올랐습니다. 왜 그동안 한 번도 찾아가지 않았을까 후회도 했고요. 안절부절못하다가 그 다음 날 바로 가게 문을 닫고 K마을에 갔습니다."

나는 가쓰라기 씨의 행동력이 부러웠다.

"당신이 이야기한 그대로였습니다. 나이를 조금 먹긴 했어도 리사 씨는 전보다 더 멋진 사람이 되었더군요. 깊은 슬픔이 그녀를 강인하면서도 부드럽게 만들었겠지요. 전에는 말도 못 붙일 만큼 쌀쌀맞고 퉁명스러웠는데 이젠 언제 그랬었냐 싶을 정도예요. 제가 너무 성급했습니다. 그녀가 마음을 추스르길 기다리는 방법도 있었는데 말이죠. 우리는 오랫동안 이야기를 나누고 서로 소원했던 세월도 공유했어요. 그리고 깨달았습니다. 아직 늦지 않았다는 것을요."

가쓰라기 씨의 말이 내 안에 있던 무언가를 터트렸다.

"그럼 여기는요? '브람스의 집'은 어떡하시게요?"

"살 사람이 나타나는 대로 팔아야죠. 이젠 돌아오지 않을 거니까요. 돌아올 장소가 없어지면 좋겠어요."

"가쓰라기 씨, 저요! 저한테 넘겨주세요!"

"당신에게요? 찻집 경영은 얼핏 쉬워 보여도 실제로는 굉장히 어렵습니다. 무엇보다 커피 맛이 가장 중요하죠. 핸드 드립 커피를 내리는 방법은 아십니까?"

"아뇨. 몰라요. 지금은 모르지만 가쓰라기 씨가 해냈는데 저라고 못 할 까닭이 어디 있겠어요. 게다가 저는 시간도 많아요. 이제까지 살면서 무언가 배우고 싶다는 마음이 든 건 커피가 처음이에요. 저는 살면서 인생에 목적이 없었거든요. '사강의 집'에서 리사 씨 이야기를 들을 때 부끄러웠어요. 리사 씨에 비하면 내 슬픔은 새 발의 피였는데, 고작 남자랑 헤어졌다고 그렇게 투덜댔다니 쥐구멍에라도 숨고 싶은 심정이에요. 아무래도 저는 헤어진 남자를 정말 좋아했나 봐요. 어쨌든 저는 그때 결심했어요. 인생에서 가장 중요한 걸 찾기로요. 그리고 방금 그걸 찾았습니다. 저는 이 찻집에서 맛있는 커피를 내리는 일을 하고 싶어요. 어리광부리는 버릇도 이제는 버려야겠지요. 리사 씨가 사는 모습을 보고 배웠어요."

나는 각오를 단단히 다졌다. 이 굉장한 일을 왜 이제야 떠올렸을까?

"알겠습니다. 그럼 이렇게 해요. 우선 당신에게 일 년간 가게를 맡겨보도록 하죠. 제가 운영할 때보다 매상을 많이 올리면 당신에게 가게를 넘길게요. 단 메뉴와 가게 구조는 지금 그대로 두십시오. 아무것도 바꾸지 마세요. 일 년 후에 매상이 오른다면 그때부터는 당신 마음대로 하셔도 좋습니다."

"감사합니다. 그 전에 한 달만 커피에 대해 공부할 시간을 주세요. 일을 관두고 커피 공부에 매진하겠습니다."

"좋아요. 그 정도 각오면 충분합니다. 커피에 대한 애정이 각별해보여요. 그럼 '임시휴업'이란 간판을 내놓겠습니다. 한 달 뒤 다시 연다는 말도 덧붙여서요."

가쓰라기 씨가 커피를 또 한 잔 내려주었다.

"자, 마지막이니까 맛을 잘 기억해둬요."

아, 이 얼마나 멋진 일인가. 이제 새로운 인생이 펼쳐진다. 반드시 성공하고 말 테다. 내게는 목적이 생겼다. 바로 이 모카커피의 맛이다. 맛을 잊지 않으려 커피를 한 모금씩 천천히 음미했다. 더할 나위 없이 행복했다.

커피는 지옥처럼 검고 죽음처럼 강하며
사랑처럼 달콤하다

올해도 어김없이 겨울이 찾아왔다. 사당역 5번 출구를 나서자 호두과자와 담배 냄새가 훅 달려든다. 옷 사이로 비집고 들어오는 매서운 바람이 올해의 마지막 계절이 왔음을 알린다.

김이 모락모락 나는 떡볶이 포장마차에는 두툼한 외투를 입은 사람들이 늘어서 있고, 꽃을 파는 트럭 앞에는 한 남자가 구부정하게 어깨를 움츠리고 장미꽃 한 다발을 기다리고 있다. 한 잔 더 마시자거니 이만 집에 돌아 가자거니 하며 술꾼들은 실랑이를 벌이고, 택시기사들은 장거리 승객 모으기에 바쁘다. 늘 접하는 서울의 연말 풍경이다. 옷을 단단히 여미고서 버스를 기다리는 사람들 뒤로 가서 줄을 선다. 텀블러에 든 커피 한 모금을 마신다. 몸이 조금 녹는다. 버스에서 내리면 정류장 바로 앞에 노란 파라솔을 두 개 펼쳐놓은 카페가 있다. 그곳에 들어가 아침보다 한층 눈이 꺼진 바리스타에게 그저께 볶았다는 커피 원두 한 봉투와 수제쿠키를 받아들고 집으로 향한다. 그녀를 위해 커피를 내려야지. 그녀에게 이 세상에서 가장 맛있는 커피를 선물하고 싶다.

창밖에는 흰 눈이 소복소복 내린다. 수동 분쇄기에 원두를 두어 줌 채워 넣는다. 드르륵드르륵 원두 갈아지는 소리를 듣고 있노라니 싫었던 일도 좋았던 일도 죄 먼 옛날 일처럼 아득해진다. 피곤했던 하루가 하얀 눈송이 속에 덮여간다.

커피 향이 코끝을 간질인다. 갈아낸 원두를 드리퍼 여과지 위에 옮겨 담는다. 끓여놓은 물을 천천히 정성스럽게 원두 가루 위에 붓는다. 원두 가루가 함빡 물을 품고 부풀었다 가라앉는다. 호박색 커피 방울이 똑똑 떨어지기 시작한다. 시나브로 한 잔의 커피가 완성된다. 따뜻하게 데워둔 머그컵에 커피를 따른다. 머그잔을 양손으로 감싸 쥐고 커피가 식기 전에 그녀, 바로 내 자신의 내면과 이야기를 시작한다.

"넌 오늘 하루도 잘 살았어. 열심히 산 너에게 이 맛있는 커피를 선물하고 싶었어. 내일도 힘내자!"

이 책에는 네 명의 이야기가 4중주의 음악처럼 짜여 있다. 수필가와 시인, 인기 드라마를 쓰는 각본가와 해외에 거주하는 작가까지 사는 곳과 직업은 다양하지만 한데 모여 저마다의 방식으로 커피 이야기를 연주한다. 음률에 커피 꽃을 실어 보내는가 하면, 베이스에 젤리를 깔아 씁쓸한 커피의 선율을 풍부하게도 한다. 모카 마타리는 스타카토로 똑똑 끊어서 들려주고, 킬리만자로 커피는 빗소리와 어울리게 연주해준다.

이 책을 읽는 동안 향기롭고 구수한 커피 향기 속에서 훌쩍 공간 이동을 하는 느낌이 든다. 영국의 바닷가마을, 파리의 무프타 시장 뒷골목, 일본의 골목길에 자리한 카페, 도자기 공방, 벚꽃이 흩날리는 거리, 안개가 낮게 깔린 호숫가……. 이끌리는 대로 발길을 옮기다 보면 어디선가 맡아본 향기가 다시금 온몸을 휘감을 것이다. 바로 달콤씁쌀한 커피 향이다.

커피 하면 우선 유럽이 떠오른다. 유럽에는 100년이 넘은 카페들이 아직도 성업 중이다. 수많은 예술가들이 그곳에서 커피를 즐겼고 창조적인 작품들을 만들어냈다. 작곡가 요한 세바스티안 바흐는 〈커피 칸타타〉를 작곡했고, 소설가 빅토르 위고와 오노레 드 발자크도, 철학자인 이마누엘 칸트와 장 자크 루소도, 볼테르도 커피가 없었다면 그들의 작품을 세상에 내놓지 못했을 정도로 커피 광이었다.

미국인들은 이탈리아의 진한 에스프레소 커피를 물로 희석해 마셨다. 이는 미국인들이 즐겨 마신다 하여 '아메리카노'라는 이름이 붙었다. 이제는 '코리아노'라고 불러도 좋을 만큼 우리나라 사람들도 커피를 즐겨 마신다. 일본식 핸드드립 도구로 커피를 내려주는 카페도 늘었다. 핸드드립 커피는 추출시간이 30초가 넘지 않는 에스프레소와는 달리 천천히 한 방울 한 방울 공을 들여 추출한다. 느리게 내려서 느긋하게 마시는 커피 한 잔은 긴 여운을 남긴다.

커피에서 쓴맛이 빠지면 커피가 아니듯 인생도 쓴맛이 빠지면 인생이 아니라고들 한다. 마냥 달아서야 단맛에 둔감해질 수밖에 없다. 적당하게 쓴맛도 있어야 인생이고 커피도 제맛이다.

터키의 속담에 "커피는 지옥처럼 검고, 죽음처럼 강하며, 사랑처럼 달콤하다."라는 말이 있다. 인생도 지옥처럼 검고 죽음처럼 강렬하지만, 사랑처럼 달콤하기도 해서 우리는 자신의 인생을 사랑한다. 그리고 어제도 오늘도 내일도 인생과 닮은 맛의 커피를 즐겨 마신다.

사토 시마코(佐藤嗣麻子)

감독이자 각본가. 영화 〈언페어〉로 데뷔했다. 그 후 영화, 드라
마, 게임 분야에서 감독 겸 각본가로서 활발하게 활동하고 있다.

대표작으로는 게임 〈귀무자〉, 〈BIOHAZARD CODE: Veronica〉,
드라마 〈야샤YASHA〉, 〈동물병원 선생님〉, 〈미나미 군의 연인〉,
〈기묘한 이야기 SMAP 특별편〉, 〈사랑에 빠지면〉, 〈언페어〉 등이
있다. 그녀는 스스로를 건강 집착증이라고 한다. 최근에는 몸속을
깨끗이 하기 위해 유기농 원두로 커피를 내려 마신다. 그녀가 커
피를 즐기는 아침저녁 15분간의 여유는 온갖 스트레스를 날려버
리기에 딱 좋은 시간이다. 물론 블랙커피여야 그 효과를 제대로
발휘할 수 있다.

가와구치 요코(川口葉子)

차 마시는 시간을 사랑하는 수필가이자 차와 커피 전문 사진 작가. 저서로는 《카페 문을 여는 100가지 요리》,《도쿄 카페 마니아》,《도쿄 카페 산책》,《도쿄 카페를 탐방하다》 등이 있다. 웹 사이트 '도쿄 카페 마니아'를 운영 중이다.

대학시절부터 리포트를 쓰면서 늘 커피의 힘을 빌렸다. 그래서 이제는 하루도 커피 없이는 못 사는 체질이다. 졸업논문의 주제도 카페에 관한 것이었을 정도이며, 이 또한 커피 향기를 맡으며 썼다. 그녀의 좌우명은 '인간은 차를 마시는 동물'이다.

아오메 우미(青目海)

각본가이자 작가. 열아홉 살에 토크 프로그램 〈스타 천일야〉
의 구성작가로서 일을 시작한 이래, 텔레비전 드라마 원작과 각본
등 다양한 영역에서 활발하게 활동하고 있다. 독신일 때는 파리와
로마에서 살았고, 어부인 남편과 결혼한 뒤에도 캐나다, 뉴욕, 멕
시코, 모로코, 스페인 등 줄곧 해외의 여러 나라에서 거주해왔다.
일본 밖에서 지낸 지 30년이 넘으며 지금은 포르투갈의 남쪽지방
알가르베에서 살고 있다. 대표적인 각본으로는 〈부모님에겐 비밀
이야〉, 〈연애와 오믈렛〉, 〈도쿄 장미〉 등이 있고, 저서로는 《나는
손가락을 자른 여자다》,《오피스레이디 이야기》,《극락 포르투갈
에서 사는 법》 등이 있다. 극단 '텐조사지키'의 창립 멤버이기도
하다. 처음부터 커피를 좋아하지는 않았지만 이탈리아 다음으로
커피가 맛있다는 포르투갈로 삶의 터전을 옮긴 뒤로는 매일 아침
카페에서 즐기는 한 잔의 커피 덕분에 삶이 한층 풍요로워졌다.

유즈키 케이(柚木惠)

시인, 작가, 편집자. 커피에 관한 저서로는 《커피 마시기 좋은 날》, 《쉬는 날에는 커피를 끓이자》 등이 있다. 시문학지 〈something〉 간행에 참여해왔다.

열여덟 살에 처음 커피를 마시고 그 세례를 받았다. 조금 늦게 커피 애호가가 되었지만 시를 쓸 때면 어김없이 커피는 그녀의 곁을 지켜주는 존재다. 건강에 적신호가 켜지지 않는 한 커피와 영원히 함께 하리라고 믿을 정도로 그녀의 삶에서 커피는 중요한 자리를 차지한다. 여행을 가면 그 지역의 오래된 찻집부터 찾아가곤 하는데, 최근 들어 역 앞 옛 찻집들이 차츰 사라져가서 가슴 한편이 허전하다. 외국에 나갈 때면 항상 그 나라 커피를 마셔보지만 그때마다 실망을 거듭해서 커피는 단연 일본 커피가 세계에서 가장 맛있다고 생각한다.

강보이

1988년 경기도 과천에서 태어났으며 현재 한신대학교 일본학과 4학년에 재학 중이다. 일본의 문학작품과 시사주간지를 우리말로 옮기는 수업에서 번역의 필요성과 중요성을 절실히 깨달았고 번역의 세밀한 작업에 흥미를 가졌다. 원문의 감동을 생생하게 전하는 번역을 익히기 위해 한겨레교육문화센터에서 '한성례의 일본어 번역작가' 전 과정을 밟았다.

스무 살 무렵에 커피의 오묘한 맛과 매력을 알게 된 뒤로 학교를 휴학하고 커피 바리스타 학원에 다니는 등 커피에 빠져 지냈다. 커피 볶는 집에서 원두를 사와 직접 커피를 내려 마실 때가 가장 행복한 시간이다.

사랑은 아메리카노
어쩌면 민트초코

초판 1쇄 인쇄 2013년 12월 9일
초판 1쇄 발행 2013년 12월 16일

지은이 사토 시마코 · 가와구치 요코 · 아오메 우미 · 유즈키 케이
옮긴이 강보이
감 수 한성례
펴낸이 이범상
펴낸곳 (주)비전비엔피·이덴슬리벨

기획 편집 이경원 박월 윤자영 강찬양
디자인 최희민 김혜림
마케팅 한상철 이재필 김성화 김희정
관리 박석형 이다정

주소 121-894 서울특별시 마포구 잔다리로7길 12 (서교동)
전화 02)338-2411 **팩스** 02)338-2413
이메일 visioncorea@naver.com
홈페이지 www.visionbp.co.kr
등록번호 제313-2009-96호

ISBN 978-89-91310-51-3 03830

· 값은 뒤표지에 있습니다.
· 잘못된 책은 구입하신 서점에서 바꿔드립니다.

이 도서의 국립중앙도서관 출판시도서목록(CIP)은 e-CIP홈페이지(http://www.nl.go.kr/ecip)와 국가자료공동목록시스템
(http://www.nl.go.kr/kolisnet)에서 이용하실 수 있습니다.(CIP제어번호:2013025194)